Cadena perpetua

Stephen King es autor de más de sesenta libros, todos ellos best sellers internacionales. Sus títulos más recientes son *Si te gusta la oscuridad*, *Holly*, *Cuento de hadas*, *Billy Summers*, *Después*, *La sangre manda*, *El Instituto*, *Elevación*, *El visitante*, *Bellas durmientes* (con su hijo Owen King) y la trilogía Bill Hodges (*Mr. Mercedes*, *Quien pierde paga* y *Fin de guardia)*. Su novela *22/11/63* (convertida en serie de televisión en Hulu) estuvo entre los diez mejores lanzamientos de 2011 según *The New York Times Review* y ganó el premio al mejor thriller de *Los Angeles Times*. Algunas de sus obras más emblemáticas, como la serie La Torre Oscura, *Cementerio de animales* o *Doctor Sueño*, han inspirado grandes proyectos cinematográficos. Uno de ellos, *It,* es la película de terror que más ha recaudado en la historia del cine. Le ha sido concedido el premio Audio Publisher Association Lifetime Achievement en 2020, el PEN American Literary Service en 2018, la National Medal of Arts en 2014 y la National Book Foundation Medal for Distinguished Contribution to American Letters en 2003. Vive en Bangor, Maine, con su esposa, Tabitha King, también novelista.

Para más información, visita la página web del autor:
www.stephenking.com

También puedes seguir a Stephen King en X:
@StephenKing

Y conoce todas las novedades del autor en lengua castellana en:
Todo Stephen King
@todostephenking

STEPHEN KING

Cadena perpetua

Traducción de
José Manuel Álvarez Flórez
y **Ángela Pérez**

DEBOLS!LLO

Papel certificado por el Forest Stewardship Council®

Título original: *Rita Hayworth and Shawshank Redemption*

Primera edición en Debolsillo: junio de 2025

© 1982, Stephen King
Traducción de la edición original de The Viking Press, Nueva York, 1982
Publicado por acuerdo con el autor, representado por The Lotts Agency, Ltd.
© 1983, 2025, Penguin Random House Grupo Editorial, S. A. U.
Travessera de Gràcia, 47-49. 08021 Barcelona
© 1983, José Manuel Álvarez Florez y Ángela Pérez, por la traducción
Diseño de la cubierta: Penguin Random House Grupo Editorial
basado en la cubierta original de Jaya Miceli
Imagen de la cubierta: *Cadena perpetua* y todos los personajes
y elementos relacionados © & TM Warner Bros. Entertainment Inc.

Penguin Random House Grupo Editorial apoya la protección de la propiedad intelectual. La propiedad intelectual estimula la creatividad, defiende la diversidad en el ámbito de las ideas y el conocimiento, promueve la libre expresión y favorece una cultura viva. Gracias por comprar una edición autorizada de este libro y por respetar las leyes de propiedad intelectual al no reproducir ni distribuir ninguna parte de esta obra por ningún medio sin permiso. Al hacerlo está respaldando a los autores y permitiendo que PRHGE continúe publicando libros para todos los lectores. De conformidad con lo dispuesto en el artículo 67.3 del Real Decreto Ley 24/2021, de 2 de noviembre, PRHGE se reserva expresamente los derechos de reproducción y de uso de esta obra y de todos sus elementos mediante medios de lectura mecánica y otros medios adecuados a tal fin. Diríjase a CEDRO (Centro Español de Derechos Reprográficos, http://www.cedro.org) si necesita reproducir algún fragmento de esta obra.
En caso de necesidad, contacte con: seguridadproductos@penguinrandomhouse.com

Printed in Spain – Impreso en España

ISBN: 978-84-663-8099-7
Depósito legal: B-10.018-2025

Impreso en Black Print CPI Ibérica
Sant Andreu de la Barca (Barcelona)

P380997

Para Russ y Florence Dorr

Supongo que en todas las prisiones federales y estatales de Estados Unidos hay gente como yo. Soy el tipo que lo consigue todo. Cigarrillos de encargo, una bolsita de yerba si es eso lo que te gusta, una botella de coñac para celebrar que tu hijo o hija han terminado el bachillerato, prácticamente cualquier cosa... bueno dentro de lo razonable. No siempre fue así.

Cuando llegué a Shawshank tenía sólo veinte años, y soy una de las pocas personas de nuestra pequeña y feliz familia que no duda en cantar de plano lo que hizo. Cometí un homicidio. Le hice un buen seguro de vida a mi mujer, que me llevaba tres años, y luego preparé los frenos del cupé Chevrolet que su padre nos había ofrecido como regalo de boda. Y todo salió a pedir de boca, sólo que yo no había previsto que se parara a recoger a la mujer del vecino y al niño pequeño de la mujer del vecino de paso hacia Castle Hill y el pueblo. Los frenos fallaron, claro, y el coche irrumpió con estruendo entre los arbustos del linde del terreno comunal a velocidad creciente. Los transeúntes declararon que debía ir a unos setenta y cinco o más cuando chocó con el pedestal del monumento de la guerra de Secesión y se incendió.

Tampoco figuraba en mis planes que me atraparan pero lo hicieron. Y me regalaron un abono de temporada para este lugar. En el estado de Maine no hay pena de muerte, pero ya se encargó el fiscal del distrito de que se me juzgara por las tres muertes y de que me condenaran a tres cadenas perpetuas a cumplir una después de otra. Lo cual dejaba fuera de mi alcance cualquier posibilidad de conseguir la libertad condicional durante mucho, muchísimo tiempo. El juez calificó lo que hice de «crimen espantoso y nefando»; y lo era, aunque también pertenece ya al pasado. Puedes buscarlo en los archivos amarillentos de *Call* en Castle Rock y verás que los grandes titulares que proclamaban mi condena resultan un tanto ridículos y anticuados comparados con las noticias sobre Hitler y Mussolini y las «ensaladas de siglas»* del presidente Roosevelt.

¿Qué dices, que si me he rehabilitado? Bueno, ni siquiera sé lo que significa esa palabra, al menos en lo tocante a cárceles y reformatorios. Creo que es una palabra de político. Tal vez tenga algún otro significado y puede que yo tenga ocasión de averiguarlo; pero eso queda en el futuro, que es algo en lo que los presidiarios aprendemos a no pensar. Yo era joven, bien parecido y del distrito pobre de la ciudad, y dejé embarazada a una linda chica testaruda y de mal genio que vivía en una de esas bellas casas antiguas de la calle Carbine. Su padre se avino a nuestro matrimonio con la condición de que yo aceptara un trabajo en la empresa de óptica de su propiedad y «me abriera camino». Descubrí que lo que realmente se proponía era tenerme en su casa bien amarradito como a un animalito doméstico que no acaba de aprender a comportarse y que puede morder. Así que se fue acumulando el odio hasta ser suficiente para impulsarme a hacer lo que

---

* Referencia a las iniciales –empezando por FDR: Franklin Delano Roosevelt– de los organismos federales que este presidente creó en el marco de su política del New Deal, como la AAA (Agencia de Compensación Agrícola), el CCC (Cuerpo Civil de Conservación), la NRA (Agencia de Recuperación Nacional), la TVA (Administración del Valle del Tennessee) y la WPA (Administración para el Fomento de Obras Públicas). *(N. de los T.)*

hice. Si tuviera otra oportunidad no volvería a hacerlo, pero no estoy seguro de que eso signifique que estoy rehabilitado.

De cualquier forma, no es de mí de quien quiero hablar, sino de un individuo que se llama Andy Dufresne. Claro que para poder hablar de Andy tengo que explicar algunas cosas más de mí mismo. No me llevará mucho.

Como dije, yo soy el tipo que puede conseguir de todo aquí en Shawshank desde hace casi cuarenta malditos años. Y eso no significa sólo conseguir cosas como cigarrillos especiales o alcohol, aunque esos productos encabezan siempre la lista. He conseguido otras muchísimas cosas para los presidiarios de Shawshank, algunas completamente legales aunque difíciles de conseguir en un lugar al que se supone que te han traído para castigarte. Había un individuo que estaba aquí por haber violado a una niñita y haberse exhibido delante de otras muchas; pues le conseguí tres piezas de mármol rosado de Vermont, que convirtió en tres preciosas esculturas: un niño pequeño, un chico de unos doce años y un joven con barba. Las tituló *Las tres edades de Jesús* y las tres están ahora en el salón de un tipo que fue gobernador de este mismo Estado.

He aquí un nombre que tal vez recuerdes si te criaste al norte de Massachusetts: Robert Alan Cote. En 1951 intentó robar el First Mercantile Bank de Mecanic Falls y el asalto acabó en una matanza: seis muertos en total, dos de ellos miembros de la banda de atracadores, tres rehenes y un joven agente que alzó la cabeza cuando no debía y le pegaron un balazo en el ojo. Cote tenía una colección de monedas. Lógicamente no iban a permitirle que las trajera a la cárcel, pero con un poco de ayuda de su madre y del conductor de una furgoneta de la lavandería, pude conseguírselo. Le dije: «Bobby, tienes que estar loco para querer tener una colección de monedas en un hotel de piedra lleno de ladrones». Me miró, sonrió y dijo: «Estarán bien seguras, no te preocupes». Y tenía razón. Bobby

Cote murió en 1967 de un tumor cerebral, pero la colección de monedas no apareció nunca.

Conseguí bombones para el día de San Valentín; y tres batidos de leche verde de esos de McDonald's; conseguí incluso un pase de medianoche de *Garganta profunda* y *El diablo burlado* para un grupo de veinte hombres que habían reunido todos sus fondos para alquilar las películas... aunque aquella aventurilla me costó una semana de solitaria. Es a lo que te arriesgas por ser el tipo que puede conseguirlo todo, ya se sabe. He conseguido libros de consulta, libros porno, baratijas para gastar bromas, como petardos y polvos pica pica y en más de una ocasión he visto a presos con condenas largas recibir un par de bragas de su esposa o de su novia... ya te imaginarás lo que hace aquí dentro un tipo con esas prendas durante las noches interminables en que el tiempo te atenaza y te obsesiona. No proporciono todas esas cosas gratis y, en algunos casos, el precio es alto. Pero no lo hago *sólo* por dinero. ¿Para qué me sirve el dinero? Jamás tendré un Cadillac ni iré a Jamaica a pasar dos semanas en febrero. Lo hago por lo mismo que un buen carnicero te vende sólo carne fresca; tengo una reputación y quiero conservarla. Las dos únicas cosas que me niego a conseguirle a la gente son armas y drogas duras. No ayudaré a nadie que quiera suicidarse o matar a alguien. Ya tengo en la cabeza asesinato suficiente para toda la vida.

Así que soy una especie de gran tienda. Y por eso, cuando en 1949 Andy Dufresne vino y me preguntó si podía conseguirle a Rita Hayworth, le dije que no habría ningún problema. Y no lo hubo.

Cuando llegó a Shawshank en 1948, Andy tenía treinta años. Era un hombrecillo pulcro, bajito, de cabello pajizo y manos diestras. Usaba gafas de montura dorada. Llevaba siempre las uñas bien cortadas y limpias. Aunque resulte raro que eso sea lo que se recuerda de un hombre, a mí me parece que es lo que mejor resume a Andy. Tenía siempre aspecto de llevar corbata. En el mundo exterior, había sido vicepresidente del departamento de créditos de un importante banco de Portland. Excelente trabajo para un hombre tan joven como él, y más aún si consideramos lo conservadores que son la mayoría de los bancos... conservadurismo que habrá que multiplicar por diez en el caso de Nueva Inglaterra, donde la gente no confía a un individuo su dinero a menos que sea calvo, cojo y ande siempre tirándose de los pantalones para colocarse bien el braguero. Andy estaba en la cárcel por asesinar al amante de su esposa y a su esposa.

Creo haber dicho ya que en la cárcel todo el mundo es inocente. Oh, sí, te sueltan su cuento de la inocencia con grandes aspavientos. Los pobrecitos son víctimas de jueces de corazón de piedra y bolas haciendo juego, o de abogados incompetentes, o de conjuras policiales o de la mala suerte. Te sueltan esas monsergas de la inocencia, pero lo que ves claramente en sus caras es otro cantar. La mayoría de los presidiarios son gente de mala ralea, no son buenos, ni para ellos ni para nadie, y en realidad lo peor que pudo pasarles, ya para empezar, fue que su madre los trajera al mundo.

En todos los años que llevo en Shawshank, no llegan ni a diez los hombres a los que creí cuando me dijeron que eran inocentes. Andy Dufresne era uno de éstos, aunque no llegué a estar convencido de su inocencia hasta que pasaron unos diez años. Si yo hubiera formado parte del jurado que le juzgó en el Tribunal Superior de Portland en un juicio que duró tres borrascosas semanas en 1947 y 1948, también habría votado culpable.

Fue un caso endiablado, desde luego; uno de esos casos que cuentan con todos los elementos necesarios. Había una mujer hermosa con relaciones sociales (muerta), un personaje local del deporte (muerto también) y un destacado hombre de negocios (en el banquillo). Y a esto hay que añadir toda la leña que los periódicos pudieron echar al fuego. Para el fiscal, el caso era clarísimo. El juicio duró lo que duró sólo porque el fiscal del distrito quería presentarse a las elecciones al Congreso y que la plebe tuviera tiempo sobrado de fijarse en él. Fue un número excelente de circo legal, el público haciendo cola a las cuatro de la madrugada, pese a temperaturas bajo cero, para asegurarse asiento en la sala.

Los hechos que expuso el acusador y que Andy no desmintió fueron los siguientes: que él tenía una esposa, Linda Collins Dufresne; que en junio de 1947 ella había expresado su interés en aprender a jugar al golf en el club de campo Falmouth Hills; que tomó lecciones durante cuatro meses; que su instructor era el entrenador profesional de golf del Falmouth Hills, Glenn Quentin; que a finales de agosto de 1947 Andy se enteró de que Quentin y su esposa eran amantes; que el diez de septiembre de 1947, por la tarde, Andy y Linda discutieron acaloradamente y que la infidelidad de ella fue el tema y el motivo de la discusión.

Andy declaró que Linda había confesado que se alegraba de que él lo supiera; pues el tener que andar escondiéndose, dijo, era muy desagradable. Le dijo que quería divorciarse en Reno. Y Andy replicó que antes la vería en el infierno que en Reno. Ella se fue a pasar la noche con Quentin en la casita que éste tenía alquilada cerca del campo de golf. Y, a la mañana siguiente, la mujer de la limpieza los encontró a los dos muertos en la cama. Les habían pegado cuatro tiros a cada uno.

Esto último fue lo que perjudicó más a Andy. Aquel fiscal con ambiciones políticas hizo gran hincapié en este detalle, tanto en la exposición inicial como en el resumen final. El caso de Andrew Dufresne, dijo, no era el de un marido furioso que en un arrebato se venga de la esposa infiel; eso, dijo el fiscal, sería comprensible aunque censurable. Pero la venganza de Andy había sido algo mucho más frío. ¡Fíjense bien!, atronó el fiscal dirigiéndose al jurado. ¡Cuatro y cuatro! Nada de seis disparos... ¡ocho! *¡Había descargado ya el arma y se paró a cargarla para volver a disparar sobre ambos!* CUATRO PARA ÉL Y CUATRO PARA ELLA, proclamaba el *Sun* de Portland. El *Register* de Boston le motejaba «El asesino equitativo».

Un dependiente de la casa de empeños Wise de Lewiston declaró que había vendido un Police Special treinta y ocho de seis tiros a Andrew Dufresne justo dos días antes del doble asesinato. Un camarero del bar del club de campo declaró que Andy había aparecido por allí hacia las siete de la tarde del diez de septiembre y que se había bebido tres whiskies en veinte minutos... y que cuando se levantó del taburete de la barra le dijo al camarero que iba a ir hasta la casa de Glenn Quentin, y que él, el camarero, «ya se enteraría del final de la historia por los periódicos». Otro dependiente, éste de la tienda Handy-Pik, a kilómetro y medio más o menos de la casa de Quentin, declaró en el juicio que Dufresne se había presentado en el local a eso de las nueve menos cuarto aquella misma noche. Que compró cigarrillos, tres cervezas de cuarto y paños de cocina. El médico forense del distrito declaró que Quentin y la mujer de Dufresne habían sido asesinados entre las once de la noche y las dos de la madrugada la noche del diez al once de septiembre. El detective de la oficina del fiscal general encargado del caso declaró que había un desvío a menos de setenta metros de la casa de Quentin, y que habían aparecido allí tres pruebas. Primera prueba: dos botellas de cuarto vacías de cerveza Narragansett (en las que se habían encontrado las huellas dactilares del acusado); segunda prueba: doce colillas de cigarrillos (Kool todos, la marca que fumaba el acusado); y tercera prueba: el molde en escayola de unas huellas de neumáticos (idénticas a las de los neumáticos del Plymouth del 47 del acusado).

En la sala de estar de la casita de Quentin, sobre el sofá, se habían encontrado cuatro paños de cocina. Todos ellos tenían agujeros de bala y quemaduras de pólvora. El detective afirmó (con débiles objeciones del abogado de Andy) que el asesino había puesto los paños de cocina tapando el orificio del arma homicida para amortiguar el ruido de los disparos.

Andy Dufresne subió al estrado de los testigos en su propia defensa y contó la historia en tono sosegado, frío y desapasionado. Contó que había empezado a oír desagradables rumores sobre su esposa y Glenn Quentin hacia la última semana de julio. A finales de agosto, estaba ya lo bastante preocupado como para investigar un poco. Una tarde que Linda había dicho que iría a Portland de compras después de la clase de golf, Andy les siguió a ella y a Quentin hasta la casita de una sola planta que tenía alquilada Quentin (denominada inevitablemente «nido de amor» en los periódicos). Andy esperó en el coche, aparcado en el desvío, hasta que unas tres horas después salieron y Quentin la volvió a llevar al club de campo, donde ella tenía aparcado el coche.

—¿Pretende usted decirle al tribunal que siguió a su esposa en su flamante sedán Plymouth? —le preguntó el fiscal del distrito en el interrogatorio.

—Había cambiado el coche con un amigo —dijo Andy; y el admitir tan tranquilamente lo bien que había planeado su investigación no le favoreció nada ante el jurado, desde luego.

Tras devolver el coche a su amigo y recoger el suyo, se había ido a casa. Linda estaba ya en la cama, leyendo un libro. Le preguntó cómo le había ido el viaje a Portland. Ella le contestó que bien, aunque en realidad no había visto nada que mereciera la pena comprar. «Eso confirmó mis sospechas», dijo Andy a un público sobrecogido; pronunció estas palabras con la misma voz remota y fría que había empleado prácticamente durante toda su declaración.

—¿Cuál era su estado de ánimo durante los diecisiete días que mediaron entre éste y el día en que su esposa fue asesinada? —le preguntó su abogado.

—Me sentía muy angustiado —dijo Andy, sereno e imperturbable. Y, en el mismo tono que quien lee una lista de compras, añadió que había pensado en suicidarse, llegando incluso a comprarse una pistola en Lewiston el ocho de septiembre.

Su abogado le invitó entonces a explicar al jurado lo ocurrido después de que su esposa fuera a reunirse con Glenn Quentin la noche de los asesinatos. Andy lo explicó... y causó realmente la peor impresión posible.

Conviví con él casi treinta años y puedo deciros que era el individuo con más temple que he conocido. Cuando estaba contento por algo sólo te daba leves indicios; y cuando algo le preocupaba se lo guardaba todo para él. Nadie podría decir si pasó alguna vez lo que un místico llamó noche oscura del alma. Era el tipo de individuo que si hubiera decidido suicidarse no habría dejado ninguna nota, pero sí todos sus asuntos en orden. Creo que aunque hubiera llorado en el estrado de los testigos o hubiese hablado con voz ronca o irritada, incluso en el caso de que se hubiera puesto a chillarle a aquel fiscal que soñaba con Washington, no habría acabado con la sentencia de cadena perpetua con que acabó. Y aun en caso de haberlo hecho hubiera conseguido la libertad condicional, hacia 1954. Pero explicó su historia como una grabadora, como diciéndole al jurado: «Las cosas son así. Pueden creerme o no». No le creyeron.

Dijo que aquella noche estaba borracho, que llevaba más o menos borracho desde el veinticuatro de agosto y que era una persona a la que no le sentaba bien el alcohol. A cualquier jurado le hubiera resultado bastante difícil tragarse esto. Sencillamente, no podían imaginarse a aquel hombre joven, seguro de sí, con un pulcro traje de lana tres piezas entregado a la bebida por un asuntillo intrascendente de su esposa con un profesor de golf. Yo sí lo creí, porque tuve ocasión de observar una vez a Andy, lo cual no pudieron hacer los seis hombres y las seis mujeres del jurado.

Durante el tiempo que le traté, Andy Dufresne siempre tomó cuatro copas al año. Cada año, más o menos una semana antes de su cumpleaños y luego otra vez unas dos semanas antes de Navidad, se me acercaba en el patio. En ambas ocasiones disponía las cosas para conseguir una botella de Jack Daniel's. La compraba como suelen comprar las cosas la mayoría de los presos: con el jornal miserable que les pagan aquí y añadiendo algo más de su propio bolsillo. Hasta 1965, la paga era aquí de diez centavos la hora. Aquel año la subieron a veinticinco centavos. Mi comisión por conseguir licor era, y es, el diez por ciento; y si añadimos a esa sobretasa el precio de un buen whisky tendréis una idea de las horas de sudor en la lavandería de la cárcel que le costaban a Andy Dufresne sus cuatro copas anuales.

El día de su cumpleaños por la mañana, el veinte de septiembre, solía pegarse un buen toque y luego otro cuando se apagaban las luces por la noche. Al día siguiente me devolvía la botella y yo la compartía con los demás. En cuanto a la otra botella, él se tomaba un trago el día de Nochebuena y otro el día de Nochevieja... y aquella botella volvía también a mis manos con instrucciones de compartirla con la gente. Cuatro tragos al año... sólo actúa así alguien a quien la bebida le ha pegado muy fuerte... con fuerza suficiente para hacerle sangrar.

Andy explicó al jurado que aquella noche del día diez estaba tan borracho que sólo podía recordar lo ocurrido en fragmentos sueltos. Estaba ya borracho por la tarde («Me armé de una ración doble de valor alcohólico», así lo expresó él) antes de enfrentarse a Linda.

Andy recordaba que, cuando ella salió para reunirse con Quentin, había decidido enfrentarse a ellos. De camino hacia la casa de Quentin, aterrizó en el club de campo para un par de tragos rápidos. Dijo que no podía recordar haberle dicho al camarero lo de que «ya se enteraría del resto en los periódicos» y que en realidad no se acordaba de haberle dicho absolutamente nada. Recordaba haber comprado cerveza en el Handy-Pik, pero no haber comprado los paños de cocina. «¿Para qué iba a querer yo paños de cocina?», preguntó, y, según un periódico, tres señoras del jurado se estremecieron.

Después, mucho después, elucubraría conmigo sobre el dependiente que había declarado sobre el asunto de aquellos paños de cocina. Y creo que merece la pena transcribir sus palabras:

—Supongamos que durante la búsqueda de los testigos —me dijo un día en el patio de ejercicios— tropezaron por casualidad con el tipo que me vendió la cerveza aquella noche. Para entonces ya habían transcurrido tres días. Los detalles del caso habían sido ampliamente difundidos en los periódicos. Tal vez asediaran al tipo en grupo, cinco o seis polis, más el detective de la oficina del fiscal general, más el ayudante del fiscal del distrito. La memoria es una cosa extremadamente subjetiva, Red. Pudieron empezar con «¿No compraría quizá cuatro o cinco paños de cocina?», y seguir luego a partir de ahí. El hecho de que haya bastantes personas deseando que uno recuerde algo suele ser extraordinariamente convincente.

Admití que debía serlo.

—Pero hay algo aún más convincente —prosiguió Andy, de aquel modo suyo tan meditativo—. Creo que es posible al menos que se convenciera él mismo. Sería el centro de atención. Periodistas haciéndole preguntas, su fotografía en los diarios, todo coronado, por supuesto, por su actuación estelar en el juicio. No digo que falsificara a propósito su historia ni que cometiera perjurio deliberadamente. Creo que es muy probable que superara con absoluto éxito la prueba del detector de mentiras y que jurara por el sagrado nombre de su madre que compré aquellos paños de cocina. Pero aun así... la memoria es algo *extraordinariamente* subjetivo.

»Lo sé muy bien: aunque mi propio abogado creía que yo tenía que mentir en parte de mi versión de los hechos, nunca se tragó lo de los paños de cocina. Si se piensa un poco es completamente absurdo. Yo estaba como una cuba, demasiado borracho realmente para que se me ocurriera amortiguar el ruido de los disparos. Si lo hubiera hecho yo, habría dejado que se oyeran.

Fue hasta el desvío y aparcó allí. Bebió cerveza y fumó unos cuantos cigarrillos. Vio que se apagaban las luces de abajo de la casita de Quentin. Se fijó en que se encendía una luz arriba... y quince minutos después se fijó en que aquella luz se apagaba también. Dijo que pudo imaginarse el resto.

—Señor Dufresne, ¿fue usted entonces a la casa de Glenn Quentin y les mató a los dos? —atronó entonces su abogado.

—No, no lo hice —respondió Andy.

Dijo que hacia medianoche se había despejado y estaba empezando a sentir los primeros síntomas de una buena resaca. Decidió irse a casa a dormir y pensar en todo el asunto al día siguiente de forma más razonable y adulta.

—Entonces ya, mientras me dirigía a casa, empecé a pensar que tal vez la vía más sensata fuera sencillamente dejar que se fuera a Reno y obtuviera el divorcio.

—Gracias, señor Dufresne.

Intervino entonces inesperadamente el fiscal.

—Y le concedió usted el divorcio de la forma más rápida que se le ocurrió, ¿verdad? La divorció con un revólver del treinta y ocho envuelto en paños de cocina, ¿verdad?

—No, señor, no hice eso —dijo Andy, con calma.

—Y luego disparó usted también contra su amante.

—No, señor.

—¿Quiere decir usted que mató primero a Quentin?

—Quiero decir que no maté a ninguno de los dos. Bebí más de dos litros de cerveza y fumé todos los cigarrillos que ha encontrado la policía en el desvío. Y luego me fui a casa y me acosté.

—Dijo usted al jurado que entre el veinticuatro de agosto y el diez de septiembre tuvo usted tendencias e impulsos suicidas.

—Sí, señor.

—¿Lo bastante fuertes como para comprarse un revólver?

—Sí.

—¿Se molestaría usted mucho, señor Dufresne, si le dijera que no me parece usted en absoluto una persona que encaje en la tipología del suicida?

—No —contestó Andy—. Pero no me parece usted una persona demasiado sensible y dudo muchísimo que, si me sintiera impulsado al suicidio, fuera a explicarle a usted mi problema.

Esto provocó tensas risas en la sala, pero no le favoreció gran cosa ante el jurado.

—¿Llevaba usted el revólver la noche del diez de septiembre?

—No; tal como ya he declarado...

—¡Ah, sí! —El fiscal sonrió sarcástico—. Lo tiró usted al río, ¿no es cierto? Al Royal... El día nueve de septiembre por la tarde.

—Sí, señor.

—Un día antes de que se cometieran los asesinatos.

—Sí, señor.

—Una casualidad muy oportuna, ¿verdad?

—No fue oportuna ni inoportuna. Sencillamente la verdad.

—Creo que escuchó usted la declaración del teniente Mincher, ¿no es así?

Mincher dirigía el grupo que había dragado el río cerca del puente desde el que Andy, según su testimonio, había tirado el revólver. La policía no había encontrado nada.

—Sí, señor. Ya lo sabe usted.

—Entonces, le oyó usted explicar a este tribunal que no encontraron ningún arma, aunque buscaron durante tres días. Lo cual resulta también una casualidad muy oportuna, ¿no es cierto?

—Casualidades aparte, es un hecho que no encontraron el arma —respondió Andy con calma—. Pero me gustaría indicarles a usted y al jurado que el puente está muy cerca del lugar en que el río desemboca en la bahía de Yarmouth. La corriente es muy fuerte allí. Tal vez haya arrastrado el arma hasta la bahía.

—Con lo cual no podemos comparar el estriado de las balas halladas en los ensangrentados cadáveres de su esposa y del señor Glenn Quentin con las de la cámara de su propia arma. ¿No es así, señor Dufresne?

—Sí.

—Lo cual es también bastante oportuno, ¿no es así?

En este punto, según los periódicos, Andy mostró una de las pocas reacciones levemente emotivas que se permitió durante las seis semanas que duró el juicio. Una leve sonrisa de amargura se dibujó en su rostro.

—Dado que soy inocente de este crimen, señor, y puesto que he dicho la verdad cuando dije que tiré el arma al río el día antes de que se cometieran los crímenes, me parece absolutamente inoportuno que no haya aparecido.

El fiscal le estuvo acosando durante dos días. Releyó el testimonio del vendedor del Handy-Pik sobre los paños de cocina vendidos a Andy. Andy repitió que no recordaba haberlos comprado, pero admitió que tampoco podía recordar no haberlo hecho.

¿Era cierto que Andy y Linda Dufresne habían hecho una póliza conjunta de seguro de 1947? Sí, era cierto. ¿Y no era verdad que, de ser absuelto, Andy podría cobrar cincuenta mil dólares? Cierto. ¿Y no era cierto que había ido hasta la casa de Glenn Quentin con intenciones asesinas, y no era *igualmente* cierto que había cometido en realidad el doble asesinato? No, no era cierto. Entonces, ¿qué era, según su opinión, lo que había sucedido, puesto que no había señales de que se hubiera cometido un robo?

—No tengo medio de saberlo, señor —dijo Andy, con calma.

El caso quedó listo para la deliberación del jurado a la una del mediodía; era miércoles y nevaba. Los doce miembros del jurado volvieron a la sala a las tres y media. El alguacil dijo que habían tardado más por haber disfrutado de una comida ligera del restaurante Blentley's a cuenta del distrito. Le declararon culpable; y, hermano, si en Maine hubiera existido la pena de muerte, Andy habría bailado el baile del cordel en el aire antes de que los azafranes de primavera asomaran sus cabecitas entre la nieve.

El fiscal le había preguntado qué era lo que él creía que había ocurrido y Andy eludió la pregunta... pero tenía una idea y conseguí sacársela una noche, tarde ya, en 1955... Nos llevó esos siete años pasar de saludarnos como simples conocidos a ser claramente muy amigos... aunque, en realidad, nunca me sentí de veras próximo a Andy hasta más o menos 1960 y creo que fui el único que estuvo alguna vez realmente próximo a él. Como los dos estábamos condenados a cadena perpetua, estuvimos en el mismo pabellón desde el principio al fin, aunque yo estaba a media galería de él.

—¿Y tú qué crees? —Sonrió, pero no había rastro de humor en el tono—. Yo creo que había muchísima mala suerte flotando en el ambiente aquella noche. Más de la que podría volver a concentrarse nunca en tan poco espacio de tiempo. Creo que tuvo que ser algún desconocido, alguien que pasaba. Quizás alguien que pinchó un neumático pasando por allí después de que yo me fuera a casa. O un ladrón tal vez. Quizás un psicópata. Les mató y listo. Y aquí estoy yo.

Así de simple. Y le condenaron a pasar en Shawshank el resto de su vida... o la parte más importante de su vida. Cuatro años después, empezó a comparecer en las audiencias para la libertad condicional, que le denegaron una y otra vez, pese a que era un preso modelo. Conseguir un pase de salida en Shawshank cuando en tu ficha de ingreso figura estampada la palabra *asesino* es un trabajo lento, tan lento como la erosión de una roca. Forman el comité siete personas, dos más que en la mayoría de las prisiones estatales, y cada uno de esos siete hombres tiene el culo tan duro como el agua que se saca de un manantial de aguas minerales. A esos tipos no se les puede comprar, no se les puede halagar, ni siquiera puede uno suplicarles. En lo que se refiere a ese comité, el dinero no les dice nada y todos quietos, no sale nadie. Había también otros motivos en el caso de Andy... pero eso pertenece a otra parte de esta historia.

Había un preso llamado Kendricks que me había pedido una cantidad considerable de dinero allá por el cincuenta y tantos, y faltaban aún cuatro años para saldar la deuda. Prácticamente me pagó los intereses en información... En mi campo de acción, uno es hombre acabado si no encuentra la forma de estar siempre bien informado. Este Kendricks, por ejemplo, tenía acceso a un tipo de información del que yo jamás podría haberme enterado en el maldito taller.

Kendricks me dijo que la votación del comité de libertad condicional fue siete a cero en 1957 contra Andy Dufresne, seis a uno en 1958, otra vez siete a cero en 1959 y cinco a dos en 1960; después ya no lo sé, pero sí sé que dieciséis años después Andy seguía en la celda catorce del pabellón cinco. Tenía por entonces, en 1975, cincuenta y siete años. Tal vez se sientan bondadosos y le dejen salir hacia 1983. Te conceden la vida, te permiten vivir, y eso es precisamente lo que te impiden, lo que te quitan o te quitan al menos todo cuanto en la vida merece la pena. Quizá te suelten algún día, pero... en fin, bueno, conocí a un tipo, Sherwood Bolton se llamaba, que tenía una paloma en la celda. La tuvo desde 1945 hasta que le soltaron en 1953. No era ningún ornitólogo de Alcatraz; sólo tenía esa paloma. La llamaba *Jake*. La dejó libre un día antes de salir él y *Jake* alzó el vuelo todo lo lindamente que puedas imaginar. Pero más o menos una semana después de que Sherwood abandonara a esta feliz familia, un amigo mío me llevó al rincón oeste del patio por donde solía andar siempre Sherwood. Había en el suelo un pájaro, como un montoncito de ropa de cama sucia. Parecía haber muerto de hambre. Mi amigo dijo: «¿No es *Jake*, Red?». Sí que lo era y estaba tan muerta como el cerote.

Recuerdo la primera vez que Andy Dufresne habló conmigo para pedirme algo, lo recuerdo como si fuera ayer. No fue la vez que me pidió a Rita Hayworth. Eso fue después. Aquel verano de 1948 quería otra cosa.

Casi todos los tratos se hacen en el patio, y en el patio se hizo éste. Nuestro patio es grande, mucho más que la mayoría. Es un cuadrado perfecto de unos noventa metros de lado. La parte norte es el muro que da al exterior, con una torre de vigilancia a cada extremo. Los guardias de las torretas están equipados con prismáticos y armas antidisturbios. La puerta principal está en ese lado norte. Las de entrada y salida de furgones quedan en la parte sur del patio. Y hay cuatro. Shawshank es un lugar muy concurrido durante la semana laboral: pedidos que llegan, pedidos que salen. Tenemos una fábrica de placas de matrícula y una gran lavandería industrial, donde se lava toda la ropa de la prisión, más la del hospital y la del asilo de Eliot. Y hay también un gran taller mecánico en el que los presos arreglan los vehículos de la cárcel, del Estado, y vehículos municipales, sin mencionar los vehículos privados de los carceleros, funcionarios administrativos… y, en más de una ocasión, los del comité de libertad vigilada. La parte este de la prisión es un ancho muro de piedra lleno de diminutas ventanas alargadas. En la zona oeste están las oficinas y la enfermería. Shawshank nunca ha estado tan superpoblada como lo están muchas otras cárceles y en 1948 sólo estaba ocupada en unos dos tercios de su capacidad, pero en cualquier momento puede haber de ochenta a ciento veinte reclusos en el patio, jugando con un balón de fútbol o de béisbol, jugando a los dados, charlando, trapicheando. Los domingos el lugar estaba más concurrido; los domingos aquello habría parecido una fiesta campestre... Si hubiera habido mujeres.

La primera vez que Andy se acercó a mí era domingo. Acababa de hablar de una radio con Elmore Armitage, un individuo que me ayudaba con frecuencia, cuando se acercó Andy. Sabía quién era, claro; tenía fama de presumido y antipático. Corrían rumores de que tenía mala estrella. Uno de los tipos que lo decía era Bogs Diamond, mal elemento para tenerlo de enemigo. Andy no tenía compañero de celda y yo había oído decir que no lo quería, aunque la gente anduviera ya recelando de él. Pero yo no necesito hacer caso de los rumores sobre un individuo cuando puedo juzgarle por mí mismo.

—Hola —me dijo—. Soy Andy Dufresne. —Me ofreció la mano y se la estreché. No era de los que pierden el tiempo intentando mostrarse sociables, así que fue directamente al grano—. Tengo entendido que eres el hombre que sabe cómo conseguir cosas.

Admití que podía conseguir determinados artículos de vez en cuando.

—¿Y cómo lo haces? —preguntó Andy.

—A veces —dije— parece como si me vinieran a la mano. No puedo explicarlo. Quizá sea porque soy irlandés.

Sonrió ligeramente.

—¿Podrías conseguirme un martillete?

—¿Qué es eso? ¿Y para qué lo quieres?

Andy parecía sorprendido.

—¿También tienes en cuenta las motivaciones en tu negocio?

Comprendí que se hubiera ganado reputación de pretencioso si hablaba así, parecía uno de esos tipos que se dan mucha importancia... pero percibí un leve tono burlón en su pregunta.

—Te diré —le dije—. Si me pidieras un cepillo de dientes, no te haría ninguna pregunta. Me limitaría a decirte el precio. Porque un cepillo de dientes, comprendes, es un objeto inofensivo.

—¿Te desagradan los objetos peligrosos?

—Sí.

Una vieja bola de béisbol venía hacia nosotros; Andy se volvió, rápido y ágil como un gato, y la atrapó en el aire. Una jugada que habría enorgullecido a Frank Malzone. La devolvió con un giro al lugar de procedencia, sólo un giro rápido y grácil de la muñeca; aquel tiro no había sido casual, sin embargo. Advertí que había mucha gente observándonos con un ojo mientras con el otro seguían en lo suyo. Seguramente nos observaban también los guardias de la torre. No doraré la píldora, en todas las cárceles hay presos influyentes, tal vez cuatro o cinco en una prisión pequeña, tal vez dos o tres docenas en una grande. En Shawshank yo era uno de esos tipos que tienen cierta influencia y lo que yo pensara de Andy Dufresne influiría bastante en cómo lo pasara allí él. Seguramente también él lo sabía aunque no se dedicaba a darme coba ni a lisonjearme, y yo le respetaba por ello.

—Muy bien. Te diré lo que es y para qué lo quiero. Un martillete parece una especie de zapapico en miniatura... más o menos así. —Separó las manos unos treinta centímetros, y ésa fue la primera vez que me fijé en sus limpísimas uñas—. Tiene un pico pequeño en un extremo y una cabeza de martillo roma y plana en el otro. Lo quiero porque me gustan las piedras.

—Las piedras —dije yo.

—Mira, agáchate un momento —dijo él.

Le complací. Nos acuclillamos como indios.

Andy tomó un puñado de tierra del suelo del patio y empezó a dejarla caer por entre sus manos: la tierra iba cayendo en una nube fina. Las piedrecillas quedaban arriba, brillantes una o dos; opacas y vulgares, las demás. Una de las opacas era de cuarzo, pero si la frotabas un poco dejaba de ser opaca y adquiría un bello brillo lechoso. Andy la limpió bien y me la dio. La acepté y él la nombró.

—Cuarzo, seguro —dijo—. Y mira. Mica. Pizarra. Granito. Éste es un lugar de caliza de cuando lo excavaron en la ladera de la colina. —Tiró las piedrecillas y se sacudió el polvo de las manos—. Me gusta coleccionar piedras. Al menos... me gustaba hacerlo en mi vida anterior. Me gustaría hacerlo de nuevo, a escala limitada.

—¿Excursiones dominicales por el patio? —pregunté, levantándome. Era una estupidez, y sin embargo... el ver aquel trocito de cuarzo me había hecho sentir un extraño sobresalto. No sé exactamente por qué; supongo que sólo por asociación con el mundo exterior. Uno no piensa en esas cosas desde el punto de vista del patio. El cuarzo es algo que uno coge en un arroyo de rápida corriente.

—Mejor hacer excursiones dominicales aquí que no hacerlas en absoluto —dijo Andy.

—Podrías plantar un aparato como ese martillete en el cráneo de cualquiera —observé.

—No tengo enemigos aquí —dijo él, con calma.

—¿No? —sonreí—. Espera un poco.

—Si hay algún problema, puedo arreglármelas sin utilizar un martillete.

—Tal vez quieras intentar escapar. ¿Pasando por debajo del muro? Porque si lo haces...

Se rió cortésmente. Comprendí por qué cuando vi la herramienta tres semanas después.

—Sabes —dije—, si te lo ven te lo quitarán. Si te ven con una cuchara, te la quitan. ¿Qué es lo que vas a hacer? ¿Te limitarás a sentarte aquí en el patio y empezar a golpear?

—Vamos, creo que puedo hacer algo mucho mejor que eso.

Cabeceé. De todas formas, no era asunto mío. A mí me contratan para conseguir algo. El que el tipo que paga mis servicios pueda o no conservar el pedido, ya es cuestión suya.

—¿A cuánto crees que subirá un artículo como ése? —pregunté.

Estaba empezando a gustarme su estilo tranquilo y moderado. Cuando uno lleva diez años en chirona como yo entonces, puedes acabar mortalmente aburrido de los bocazas y fanfarrones. Sí, creo que sería justo decir que me cayó bien Andy desde el principio.

—Ocho dólares en cualquier tienda de piedras y gemas —dijo—. Pero supongo que en un negocio como el tuyo actuarás en base a un porcentaje sobre el costo...

—Suelo cobrar el costo más un diez por ciento, pero tengo que cobrar un poco más cuando se trata de un artículo peligroso. Para algo como el cachivache del que estamos hablando, necesitaremos un poquito más de grasa para que los engranajes funcionen. Digamos diez dólares.

—De acuerdo.

Le miré fijamente, sonriendo un poco.

—¿Tienes diez dólares?

—Los tengo —se apresuró a decir.

Muchísimo tiempo después descubrí que tenía más de quinientos. Los llevaba encima cuando ingresó en la cárcel. En este hotel, cuando te registran, uno de los «conserjes» está obligado a darte la vuelta y echar una ojeada a tus pertrechos, pero hay muchísimos pertrechos y bueno, para no insistir demasiado en el asunto, diré que si un tipo está realmente decidido, puede pasar un artículo de tamaño considerable de diversas formas introduciéndoselo lo bastante arriba para que no se vea, a menos que el conserje que te registre tenga el humor de ponerse un guante de goma y dedicarse a explorar.

—Está bien —dije—. Debes saber lo que espero que digas en caso de que te pesquen con el artículo en cuestión.

—Supongo que debiera saberlo, sí —dijo, y a mí me pareció, por el leve relampagueo de sus ojos grises, que sabía exactamente lo que le iba a decir. Fue un leve destello, un centelleo de su peculiar ironía.

—Si te atrapan, dirás que lo encontraste. Eso es lo fundamental. Te tendrán incomunicado tres o cuatro semanas... además, lógicamente, te quedarás sin el juguetito y eso te valdrá una mancha en la ficha. Si les das mi nombre, tú y yo no volveremos nunca a hacer un trato. Ni siquiera unos cordones de zapatos. Nada. Y te mandaré a unos tipos para que te den un repaso. No me agrada la violencia, pero supongo que te haces cargo de mi posición. No voy a dejar que se diga por ahí que no sé arreglármelas. Eso acabaría conmigo.

—Sí, claro. Comprendo. No tienes por qué preocuparte.

—Nunca me preocupo —dije—. En un sitio como éste no ganas ningún beneficio por preocuparte.

Se alejó con un cabeceo. Tres días después, se acercó a mí en el patio durante el descanso de la mañana de la lavandería. No dijo una palabra, ni siquiera me miró, pero me metió en la mano una reproducción del honorable Alexander Hamilton* con la misma limpieza con que un mago hace un truco de cartas. El tipo se adaptaba de prisa. Le conseguí su martillo para piedras. Lo tuve una noche en mi celda y era exactamente como él lo había descrito. No era una herramienta para escapar (utilizando aquel instrumento, tardarías unos seiscientos años en hacer un túnel por debajo del muro, calculé), pero aun así yo tenía mis recelos. Si le incrustabas aquel zapapico a un tipo en la cabeza, seguro que no volvía a oír por la radio *Fibber McGee and Molly*. Y por entonces ya habían empezado

---

* Alexander Hamilton (1757-1804), político norteamericano. Su efigie aparece en los billetes de diez dólares. *(N. de los T.)*

los problemas de Andy con las *hermanas*. Supuse que no querría el martillo para usarlo con ellas.

Al final, mi suposición quedó confirmada. A la mañana siguiente temprano, veinte minutos antes de que tocaran diana, le pasé a Ernie el martillo y un paquete de Camel; Ernie era el viejo recluso que barrió los pasillos del pabellón cinco hasta que le soltaron en 1956. Se lo guardó en la bata sin pronunciar palabra y no volví a ver aquella herramienta en diecinueve años y para entonces estaba bastante cerca de la extinción.

Al domingo siguiente, Andy volvió a acercarse a mí en el patio. Era algo digno de verse, lo juro. Tenía el labio inferior tan hinchado que parecía una morcilla, el ojo derecho medio cerrado por la hinchazón y un gran arañazo le cruzaba una mejilla. Tenía sus problemas con las hermanas, desde luego, aunque nunca hablaba de ello.

—Gracias por la herramienta —me dijo, y se alejó.

Le observé con curiosidad. Dio unos pasos, vio algo en el suelo, se agachó y lo recogió. Era una piedrecita. Los monos de la prisión, a excepción de los que llevan los mecánicos para su trabajo, no tienen bolsillos. Pero hay medios de subsanarlo. La piedrecilla desapareció en la manga de Andy y no volvió a caerse... admiré el hecho en sí... y admiré a Andy. Pese a todos los problemas que tenía, seguía adelante con su vida. Hay miles de personas que no lo hacen, o no quieren o no pueden; y además muchas de esas personas no están en la cárcel. Me fijé en que, aunque su cara parecía haber sobrevivido a un tornado, sus manos seguían limpias y pulcras y sus uñas bien cuidadas.

No le vi mucho durante los seis meses siguientes.

Unas palabras sobre las hermanas.

En algunas cárceles se les conoce como «locas salvajes», aunque el término de moda últimamente es «reinas asesinas». Pero en Shawshank siempre se les llamó las hermanas. No sé por qué, pero no creo que existiera ninguna diferencia aparte del nombre.

A casi nadie le sorprenderá en estos días que la sodomía abunde tanto intramuros, excepto a los novatos, quizá, que tengan la desgracia de ser jóvenes, delgados, guapos e incautos; pero la homosexualidad, como la sexualidad normal, se presenta en múltiples formas. Algunos individuos no soportan vivir sin relaciones sexuales de ningún tipo y recurren a otro hombre para evitar volverse locos. Lo que se da normalmente es un arreglo entre dos hombres esencialmente heterosexuales, aunque a veces me he preguntado si cuando vuelven con sus esposas o novias lo serán tanto como suponían.

Y hay también individuos que «se invierten» en la cárcel. En el lenguaje normal se dice que «cambian de acera» o que «salen del armario». Casi siempre (aunque no siempre) interpretan el papel femenino y los otros se disputan sus favores.

Y luego están las hermanas.

Las hermanas son en la sociedad carcelaria lo que los violadores en el mundo exterior. Suelen ser presos con largas condenas, que alardean de crímenes brutales. Su víctima es el joven, el débil, el ignorante... o como en el caso de Andy Dufresne, el de aspecto débil. Su terreno de caza suele ser las duchas, el estrecho patio tunelesco de la entrada de detrás de las lavadoras industriales de la lavandería, y, a veces, la enfermería. En más de una ocasión, cometen la violación en la minúscula cabina de proyección de detrás del auditorio. En la mayoría de los casos, las hermanas podrían conseguir por las buenas lo que consiguen por la fuerza; si quisieran, claro; los que «se invierten» andan siempre «locos» por una u otra hermana, como las muchachitas por su Sinatra, Presley o Redford. Pero para las hermanas la gracia radica precisamente en conseguirlo por la fuerza... y supongo que siempre será así.

Debido precisamente a ser menudo y de aspecto agradable (y quizá también a aquel aplomo que yo había admirado en él), las hermanas anduvieron tras Andy desde el mismo día de su llegada. Si esto fuera un cuento de hadas, diría que Andy libró una gran batalla hasta conseguir que le dejaran en paz. Me gustaría poder decirlo; pero no puedo. La cárcel no es un paraíso de color de rosa.

Le cayeron encima por primera vez en la ducha a los tres días de haberse unido a nuestra pequeña y feliz familia. Creo que la primera vez fue sólo cuestión de bofetadas y cosquillas. Les gusta tantear un poco antes de dar el paso decisivo, como a los chacales, para averiguar si la víctima es tan débil y desvalida como parece.

Andy se defendió y le partió el labio a una de las hermanas, un tipo grande y corpulento llamado Bogs Diamond... que se fue hace muchos años nadie sabe adónde. Antes de que la cosa llegara a más intervino un carcelero, pero Bogs prometió que ya le agarraría por su cuenta... y lo hizo.

La segunda vez fue en la lavandería, detrás de las lavadoras. En el transcurso de los años han pasado muchas cosas en ese largo, sucio y estrecho rincón. Los carceleros lo saben perfectamente y hacen la vista gorda. Está siempre oscuro y lleno de bolsas de productos para lavar y blanquear, tambores de catalizador Hexlite, tan inofensivo como la sal si tienes las manos secas y tan dañino como ácido de batería si las tienes húmedas. A los carceleros no les gusta meterse allí. No hay espacio para maniobrar, y una de las primeras cosas que les enseñan cuando vienen a trabajar a un lugar como éste es a no permitir jamás que los presos les acorralen en un sitio sin retirada posible.

Aquel día no estaba Bogs, pero Henley Backus, que había sido el encargado de lavandería desde 1922, me contó que sí estaban cuatro de sus amigos. Andy les mantuvo a raya un rato, con una palada de Hexlite, amenazándoles con tirárselo a los ojos si se le acercaban más. Pero al intentar retroceder para rodear cuatro sacos de Washed tropezó. Y se acabó. Se le echaron encima.

Creo que el término violación múltiple no ha cambiado mucho de una generación a otra. Fue lo que le hicieron aquellas cuatro hermanas. Le pusieron sobre una caja de cambios y uno de ellos le colocó un destornillador en la sien mientras conseguían lo que querían. Te desgarra un poco, pero no demasiado. (¿Preguntáis si hablo por experiencia personal? Ojalá pudiera decir que no.) Sangras durante un tiempo. Si no quieres que algún payaso te pregunte si estás con el período, toma papel higiénico y póntelo a modo de compresa hasta que la hemorragia cese. Realmente es como flujo menstrual; se prolonga durante dos o quizá tres días; un lento goteo. Luego se corta. No queda ninguna lesión, a no ser que te hayan hecho algo más inhumano aún. No queda lesión *física*... pero la violación es la violación y al final tienes que volver a mirarte al espejo y decidir qué hacer de ti mismo.

Andy pasó todo eso solo, de la misma forma que lo pasaba todo por entonces. Debió de llegar a la conclusión de que ya les había sucedido antes a otros, o sea, que sólo hay dos modos de tratar con las hermanas: hacerles frente y que te atrapen, o dejar que te atrapen sin más.

Andy decidió hacerles frente. Cuando Bogs y dos colegas suyos le buscaron dos semanas o así después del incidente de la lavandería («Creo que te forzaron», dijo Bogs, según Ernie, que andaba por allí en aquel momento), Andy luchó duro con ellos. Le rompió la nariz a un tipo llamado Rooster MacBride, un campesino duro que estaba en la cárcel por haber matado a golpes a su hijastra. Me complace informar que Rooster murió aquí, en chirona.

Le agarraron entre los tres. Una vez conseguido, Rooster y el otro sujeto (no estoy muy seguro, pero puede que fuera Pete Verness) le obligaron a ponerse de rodillas. Bogs Diamond se colocó entonces frente a él. Bogs tenía por entonces una navaja de mango nacarado y las palabras

Diamond Pearl grabadas a ambos lados de la misma. La abrió y dijo:

—Ahora me bajaré la cremallera, caballero, y tú tomarás lo que voy a darte para que te lo tragues. Y cuando hayas terminado de tragar lo mío, entonces tragarás lo de Rooster. Me parece que le has partido la nariz y creo que debe recibir alguna compensación.

—Te advierto que si me metes algo en la boca, sea lo que sea, te quedarás sin ello.

Ernie me contó que Bogs miró a Andy como si estuviera loco.

—No —dijo Bogs, hablándole muy despacio, como si Andy fuera un niño tonto—. No me has entendido bien. Si haces algo parecido, te hundiré esta navaja en el oído hasta la empuñadura, ¿entiendes?

—Entendí perfectamente lo que dijiste antes. Pero creo que tú no me has entendido *a mí*. Morderé cualquier cosa que me metas en la boca. Puedes meterme esa navaja en los sesos, claro, pero has de saber que una lesión cerebral súbita hace que la víctima orine, defeque... y muerda con todas sus fuerzas, y todo simultáneamente.

Alzó la cara hacia Bogs, sonriendo con aquella leve sonrisa suya, según dijo Ernie, como si los tres individuos le hubieran estado hablando de acciones y obligaciones en vez de haberle estado golpeando como bestias, como si llevara uno de sus elegantes trajes tres piezas de banquero en vez de estar de rodillas en un cuarto trastero con los pantalones en los tobillos y la sangre goteándole muslos abajo.

—De hecho —siguió diciendo Andy—, creo que el impulso reflejo de morder es tan intenso algunas veces que a las víctimas tienen que abrirles las mandíbulas con una palanca.

Aquella noche de finales de febrero de 1948, Bogs no metió nada en la boca de Andy, y tampoco lo hizo Rooster MacBride, y, que yo sepa, ningún otro lo hizo tampoco. Lo que hicieron los tres fue golpearle hasta dejarle casi muerto y los cuatro acabaron en confinamiento solitario. Andy y Rooster MacBride lo hicieron a través de la enfermería.

¿Cuántas veces le forzaría aquella peculiar banda? No lo sé. Creo que Rooster perdió bastante pronto las ganas (el estar con la nariz escayolada durante un tiempo puede producir esos efectos en un tipo) y Bogs Diamond renunció aquel verano, de repente.

Eso fue bastante extraño. Una mañana de principios de junio, Bogs no se presentó al desayuno, se le echó de menos al hacer el recuento, y le encontraron en su celda todo magullado: había recibido una gran paliza. Se negó a decir quién había sido y cómo habían entrado en la celda, pero sé muy bien (por mi negocio) que mediante soborno puede conseguirse de un carcelero prácticamente cualquier cosa, menos que le dé un arma a un preso. Sus salarios no eran gran cosa entonces, ni creo que lo sean ahora, y en aquellos tiempos no había sistemas electrónicos de cierre ni circuito cerrado de televisión, ni interruptores maestros generales para toda la prisión. En 1948, cada pabellón de celdas tenía su propio llavero. Podía sobornarse fácilmente a un carcelero para que dejara a un tipo (o a unos cuantos) entrar en el pabellón y, sí, por qué no, para que le dejara entrar en la celda de Diamond.

Claro que un trabajo de ese tipo tuvo que costar un buen montón de *pasta*. No según la escala del mundo exterior, no. La economía carcelaria corresponde a una escala mucho más reducida. Cuando llevas aquí un tiempo, un billete de dólar en la mano te parece el equivalente a uno de veinte fuera. Mi opinión es que si lo de Bogs fue un encargo, debió de costarle a alguien una cantidad considerable: digamos que unos quince pavos para el carcelero y dos o tres dólares para cada uno de los que hicieron el trabajo.

No digo que fuera Andy Dufresne, pero sé que cuando vino a la cárcel pasó quinientos dólares y que en el mundo exterior era banquero, y, por lo tanto, un individuo que entiende mejor que la mayoría las formas de utilizar el dinero.

Y también sé lo siguiente: después de la paliza (tres costillas rotas, un ojo sangrando, la espalda torcida y la cadera dislocada), Bogs Diamond dejó en paz a Andy. De hecho, después de aquello dejó bastante en paz a todo el mundo. A partir de entonces sería ya como un ventarrón de verano: mucho ruido y pocas nueces. Podríamos decir, de hecho, que se convirtió en una «hermana débil».

Aquél fue el final de Bogs Diamond, un hombre que podría haber acabado matando a Andy si Andy no hubiera dado los pasos necesarios para evitarlo (si fue él quien los dio). Pero no fue el final de los problemas de Andy con las hermanas. Hubo un pequeño descanso y luego la cosa empezó de nuevo, aunque no tan salvaje ni con tanta frecuencia. A los chacales les gustan las presas fáciles, y había presas más fáciles que Andy Dufresne por allí.

Lo que sí recuerdo es que Andy siempre les hizo frente. Supongo que sabía que si una vez les dejas tomarte sin luchar, eso hace mucho más fácil permitirles salirse con la suya sin luchar la próxima vez. Así que de vez en cuando Andy aparecía con magulladuras en la cara, y seis u ocho meses después de la paliza a Diamond, le rompieron dos dedos. Ah, sí, y no sé cuándo exactamente, a finales de 1949, mandaron a un tipo a la enfermería con la mandíbula rota, resultado casi seguro de un golpe propinado con un buen pedazo de tubería con un extremo envuelto en trapos. Andy siempre devolvía los golpes, y, como resultado, pasaba bastante tiempo en confinamiento solitario. Pero no creo que el estar incomunicado fuera para Andy tan duro como para la mayoría. Él estaba a gusto solo.

Andy se adaptó a las hermanas... y luego, en 1950, los ataques de las hermanas cesaron casi por completo. Pero ésa es una parte de mi historia a la que volveremos a su debido tiempo.

En el otoño de 1948, Andy se acercó a mí una mañana en el patio y me preguntó si podía conseguirle una docena de paños para piedras.

—¿Qué diablos es eso? —le pregunté.

Me dijo que así era como le llamaban los aficionados a coleccionar piedras; eran paños de pulimentar aproximadamente del tamaño de los paños de cocina. Estaban guateados y eran suaves por un lado y ásperos por otro, el lado suave como papel de lija de granulado pequeño y la parte áspera casi tan abrasiva como las virutas de acero (Andy tenía también una caja de estas virutas en la celda, aunque no se la había proporcionado yo... imagino que se la agenció en la lavandería de la cárcel).

Le dije que creía que podríamos conseguirlos, y al final se consiguieron en la misma tienda en la que se había comprado su martillete. En esta ocasión cargué a Andy el diez por ciento habitual y ni un centavo más. Nada mortífero veía en una docena de piezas cuadradas de tela acolchada, ni peligro de ningún tipo. Paños para piedras, en realidad.

Unos cinco meses después, Andy me pidió si podía conseguirle a Rita Hayworth. La conversación tuvo lugar en el auditorio durante la proyección de una película. Ahora, en la cárcel hay cine una o dos veces por semana, pero en aquellos tiempos era un acontecimiento mensual. Las películas que nos pasaban solían tener un mensaje moral, y la de aquel día, *Días sin huella*, no era ninguna excepción. El mensaje en este caso era que es peligroso beber, mensaje del que podíamos extraer cierto consuelo.

Andy se las arregló para ponerse a mi lado, y hacia la mitad de la película se inclinó para acercarse aún más y me preguntó si podía conseguirle a Rita Hayworth. Os diré la verdad: en cierto modo me divirtió. Él era normalmente frío, sereno, tranquilo, pero aquella noche estaba hecho un manojo de nervios, casi turbado, como si me estuviera pidiendo un cargamento de condones o uno de esos artilugios forrados de piel que, según anuncian en las revistas, «intensifican tu placer solitario». Parecía tensísimo, como si estuviera a punto de fundírsele los fusibles.

–Puedo conseguirla –le dije–. No te preocupes, tranquilízate. ¿Cuál quieres, la grande o la pequeña? Por entonces, Rita era mi chica preferida (unos años antes había sido Betty Grable), y la había en dos tamaños. Por un dólar podías conseguir la Rita pequeña. Y por dos y medio la Rita grande, uno veinte de alto y todo mujer.

–La grande –dijo, sin mirarme. Te diré que era un ascua aquella noche. Estaba rojo, como un muchachito que intenta colarse en una película pornográfica con el carnet de su hermano mayor–. ¿Puedes conseguirla?

–Claro que puedo, tranquilízate. ¿Hay algún problema?

El público aplaudía y silbaba mientras los espectros salían de las paredes a coger a Ray Milland, que sufría un ataque gravísimo de *delirium tremens.*

–¿Cuánto tardarás?

–Una semana. Quizá menos.

–De acuerdo –pero parecía disgustado, como si hubiera esperado que la tuviera allí mismo metida en el bolsillo–. ¿Cuánto?

Dije el precio de venta. Podía permitirme proporcionarle aquello a precio de coste; había sido un buen cliente, con lo de los paños y el martillete para piedras. Y, además, había sido un buen chico... Cuando tenía aquellos problemas que tuvo con Bogs, Rooster y los demás, me pregunté más de una noche cuánto tardaría en usar el martillete para partirle la cabeza a alguien.

Los carteles son una parte importante de mi negocio, van justo después del alcohol y los cigarrillos, normalmente a medio paso por delante de la yerba. En los años sesenta, el negocio se disparó en todas direcciones, pues muchísima gente pedía aquellos horrorosos carteles de Jimi

Hendrix, Bob Dylan y aquel de *Easy Rider*. Pero lo que más piden son mujeres; una reina detrás de otra.

Pocos días después de que Andy hablara conmigo, un jefe de lavandería con el que yo tenía tratos por entonces consiguió pasar más de sesenta carteles, Ritas casi todos. Quizás hasta recuerdes la foto; seguro que sí, que la recuerdas. Rita está, digamos vestida, con un traje de baño, una mano detrás de la cabeza, los ojos entornados y los labios rojos, sedosos, plenos, entreabiertos. La llamaban Rita Hayworth, pero podrían haberla llamado igualmente Mujer en Celo.

La administración de la cárcel está al tanto del mercado negro, desde luego. De eso no hay duda. Apuesto a que saben de mi negocio casi tanto como yo mismo. Y lo toleran porque saben que una cárcel es como una olla a presión, y que en alguna parte ha de haber agujeros que dejen salir el vapor. Dan algún que otro golpe de vez en cuando (he pasado tiempo incomunicado alguna que otra vez a lo largo de los años), pero cuando se trata de cosas como los carteles, hacen la vista gorda. Vive y deja vivir. Y cuando aparecía una Rita Hayworth grande en la celda de algún pobre diablo, se daba por supuesto que se la había mandado por correo un amigo o un pariente. Por supuesto, todos los paquetes de amigos o parientes se abren y su contenido se detalla en el registro, pero, ¿quién va a comprobar el registro por algo tan inofensivo como una foto de Rita Hayworth o de Ava Gardner? Cuando estás en una olla a presión aprendes a vivir y a dejar vivir, pues de lo contrario alguien puede hacerte una boca nueva encima de la nuez. Aprendes a ser tolerante.

De nuevo fue Ernie quien llevó el cartel a la celda de Andy, la catorce, desde la mía, la seis. Y el propio Ernie me entregó la nota escrita pulcramente por Andy; contenía una sola palabra: «Gracias».

Poco después, cuando nos llevaban en fila a comer, miré al pasar su celda y vi allí a Rita sobre su litera desplegando todo su esplendor trajebañesco, una mano tras la cabeza, los ojos entornados, aquellos labios suaves y satinados entreabiertos. La había colocado sobre la litera, donde por la noche, cuando las luces se apagaran, podría contemplarla al resplandor de la luz del patio.

Pero, a la luz del sol matinal, su rostro aparecía cruzado por oscuros cortes... sombra de los barrotes de la única ventana alargada de la celda.

Explicaré ahora lo que ocurrió a mediados de mayo de 1950 y que acabó definitivamente con los tres años de escaramuzas de Andy con las hermanas. Fue también el incidente que le sacaría de la lavandería y le llevaría a la biblioteca, donde desempeñaría su trabajo hasta que dejó nuestra pequeña y feliz familia a primeros de este año.

Supongo que ya te habrás dado cuenta de que mucho de lo que he contado lo sé de oídas... alguien vio algo, me lo contó y yo te lo cuento a ti. En fin, en algunos casos he simplificado lo sucedido y he repetido (y repetiré) información de cuarta o quinta mano. Así son las cosas aquí. Aquí los rumores son algo muy importante y has de tenerlos en cuenta. Y, por supuesto, has de saber elegir las partículas de verdad entre toda la broza de mentiras, rumores y posibilidades.

Habrás sacado también la conclusión de que describo a alguien que es más leyenda que persona, y he de admitir que hay algo de verdad en ello. Para los que cumplimos sentencias largas y que convivimos con Andy durante años, hubo un elemento fantástico relacionado con él, casi un sentimiento mágico-mítico, si entiendes lo que quiero decir. La historia que expliqué de que Andy se negó a tragar lo que quería darle Bogs forma parte del mito, y su forma de hacer frente a las hermanas y de compartirlas también forma parte de él, y lo de cómo consiguió el trabajo en la biblioteca es parte del mismo mito... aunque con una diferencia importante: yo estaba allí y vi lo que sucedió y juro por mi madre que es absolutamente cierto. El juramento de un asesino convicto tal vez no tenga mucho valor, pero puedes creer esto: yo no miento.

Andy y yo éramos bastante amigos por entonces. El tipo me fascinaba. Recordando el episodio del cartel, veo que hay algo que no he contado y que debiera hacerlo. Cinco semanas después de haber colgado en su celda el cartel de Rita (yo tenía otros negocios entre manos y había olvidado el asunto por completo), Ernie me pasó entre los barrotes de la celda una cajita blanca.

—De parte de Dufresne —me dijo en voz baja y sin alterar su ritmo con la escoba.

—Gracias, Ernie —le dije, pasándole medio paquete de Camel.

¿Qué diablos será esto?, me preguntaba mientras alzaba la tapa de la cajita. En el interior había mucho algodón blanco y debajo...

Estuve mucho rato mirándolo. Me quedé inmóvil unos cinco minutos como si no me atreviera a tocarlas... tal era su belleza. Hay una lamentable escasez de objetos bellos en el mundo, y lo más lamentable de todo es que la mayoría de las personas no parecen darse cuenta siquiera de ello.

En la cajita había dos trozos de cuarzo, los dos delicadamente pulimentados. Habían sido cincelados con formas caprichosas. Tenían destellos de pirita de hierro que parecían vetas de oro. De no haber sido tan pesadas habrían servido perfectamente como un par de gemelos... eran tan similares, que parecían formar un conjunto.

¿Cuánto trabajo habrá sido preciso para crear aquellas dos piezas? Horas y horas, después de apagadas las luces, estaba seguro. Primero darles forma y luego el pulido y el acabado casi interminables con aquellos paños especiales. Al contemplarlas sentí esa calidez que sienten hombres y mujeres cuando contemplan algo bello, algo que ha sido *elaborado* y *realizado* (eso es lo que nos diferencia de los animales, creo yo), y sentí también algo más: un sentimiento de pavor ante la tenacidad grandiosa de aquel hombre. Pero me faltaba mucho para saber hasta qué extremos podía llegar la tenacidad de Andy Dufresne.

En mayo de 1950, las autoridades decidieron que había que embrear el terrado del taller de placas de matrículas. Querían hacerlo antes de que el calor fuera excesivo allá arriba y pidieron voluntarios para la tarea que, según los planes, tendría que realizarse en una semana. Se ofrecieron voluntarios más de setenta hombres, porque era un trabajo al aire libre y mayo es un mes estupendo para trabajar al aire libre. Sacaron nueve o diez nombres de un sombrero, y precisamente dos de ellos eran el de Andy y el mío.

Durante toda la semana siguiente saldríamos al patio después del desayuno, con dos guardianes al frente del grupo y otros dos detrás, más todos los guardias de las torres vigilándonos continuamente con los gemelos por si acaso.

Cuatro de nosotros portábamos una gran escalera extensible en aquellas marchas matinales (y a mí me divertía mucho cómo llamaba Dickie Betts, que también formaba parte del equipo, a aquel tipo de escalera extensible) y la apoyábamos contra aquel lado del edificio bajo y plano. Luego empezábamos a acarrear cubos de brea caliente hasta el terrado. Si te caía encima aquella mierda, tenías que hacer todo el trayecto hasta la enfermería bailando convulsivamente.

Había seis guardias en aquel programa, elegidos todos por su antigüedad. Era casi como una semana de vacaciones para ellos, porque en lugar de estar sudándola en la lavandería o en la factoría o controlando a un grupo de presos que cortaban yerbajos o matas en algún sitio, disfrutaban de unas auténticas vacaciones al sol de mayo, allí sentados tranquilamente con la espalda apoyada en el pretil bajo, charlando.

Ni siquiera tenían que vigilarnos más que a medias porque el puesto de vigilancia del muro sur quedaba bastante cerca, así que nos tenían siempre bien controlados. Si alguien del grupo de trabajo hubiera hecho un movimiento raro no habrían tardado ni cuatro segundos en inmovilizarle con proyectiles de ametralladora del 45. Así que los guardias se sentaban allí tranquilamente y descansaban. Sólo les faltaba un par de cajas de seis cervezas metidas en hielo para ser los amos de la creación.

Uno de aquellos guardias era un tipo llamado Byron Hadley, y en aquel año de 1950 llevaba en Shawshank más tiempo que yo, más que los dos últimos guardianes juntos, en realidad. El tipo que controlaba el asunto en 1950 era un yanqui melindroso de Nueva Inglaterra llamado George Dunahy. Tenía un título de administración penal. Nadie le tenía simpatía, que yo sepa, excepto los que le habían nombrado para el cargo. Me contaron que sólo le interesaban tres cosas: recopilar estadísticas para un libro (que publicaría después en una pequeña editorial de Nueva Inglaterra llamada Light Side Press, a la que casi seguro que pagó por ello), que el equipo de Shawshank ganara siempre el campeonato de béisbol intercarcelario de septiembre, y conseguir que se aprobara una ley que introdujese la pena de muerte en Maine. George Dunahy era un buen defensor de la pena de muerte. Fue expulsado de su puesto en 1953, cuando se descubrió que dirigía un taller de reparación de automóviles a bajo precio en el garaje de la cárcel y se repartía los beneficios con Byron Hadley y Greg Stammas. Hadley y Stammas consiguieron salir bien de aquel lío (eran especialistas en lo de saber cubrirse bien el trasero), pero Dunahy tuvo que largarse. Nadie se apenó al verle partir; claro que tampoco complació a nadie precisamente ver que Greg Stammas ocupaba su puesto. Era un hombre bajo, de carácter duro y estricto y los ojos pardos más fríos que puedas imaginarte. Tenía siempre una expresión angustiada y dolorida, como si tuviera necesidad urgente de ir al retrete y no consiguiera hacer nada. Durante el período en que Stammas fue director, en Shawshank imperó la brutalidad, y, aunque no tengo pruebas, estoy seguro de que se hicieron por lo menos media docena de entierros a la luz de la luna en la zona boscosa que queda al este de la prisión. Dunahy era malo, pero Greg Stammas era realmente un tipo cruel, infame y miserable.

Él y Byron Hadley eran buenos amigos. Como director, George Dunahy no era más que un testaferro. Era Stammas, y Hadley por mediación suya, quien dirigía realmente la prisión.

Hadley era un hombre alto, torpe de andares, el pelo ralo y rojizo. Le quemaba el sol en seguida, hablaba fuerte y, si no actuabas con bastante rapidez para complacerle, te soltaba un buen golpe con la porra. Un día, el tercero de trabajo en el terrado, estaba allí hablando con otro guardia llamado Mert Entwhistle.

Hadley tenía noticias sorprendentemente buenas y, claro, se lamentaba por ello. Ése era su estilo: era una persona desagradable que jamás tenía una palabra de ánimo para nadie, una persona convencida de que todo el mundo estaba en contra de él. El mundo le había robado los mejores años de su vida, y se sentiría muy feliz si podía robarle el resto. He conocido guardias que me parecieron casi santos y creo que sé por qué: eran capaces de ver la diferencia entre sus propias vidas, difíciles y miserables sin duda, y las de aquellos a los que el Estado les pagaba por vigilar. Estos guardias eran capaces de establecer comparaciones en lo que al dolor se refiere. Los otros no podían o no querían hacerlo. Para Byron no había bases de comparación. Podía sentarse allí, fresco y cómodo bajo el cálido sol de mayo, y hallar un motivo para quejarse de su buena suerte mientras a poca distancia un grupo de hombres trabajaban y sudaban y se destrozaban las manos acarreando grandes cubos llenos de brea ardiente, hombres que normalmente trabajaban tan duro que aquello les parecía un *alivio*. Recordarás la vieja pregunta, esa que dicen que define tu idea de la vida cuando la contestas. La respuesta de Byron Hadley sería siempre *A medias, el vaso está sólo lleno a medias*. Por los siglos de los siglos, amén. Si le dabas un vaso de sidra fresca, él pensaba en vinagre. Si le decías que su esposa le había sido fiel siempre, te decía que porque era espantosamente fea.

Así que estaba allí sentado, charlando con Mert Entwhistle. Y hablaba lo suficientemente alto para que le oyéramos todos; su frente amplia y blanca ya empezaba a enrojecer por el sol. Tenía una mano atrás, en el pretil que rodeaba el terrado. La otra apoyada en la culata de su treinta y ocho.

Todos nos enteramos a la vez que Mert de la historia que le contaba. Al parecer, el hermano mayor de Hadley se había largado a Texas hacía unos catorce años y desde entonces la familia no había vuelto a saber nada del muy hijo de perra. Se habían convencido todos de que estaría muerto, y en buena hora. Y de pronto, hacía una semana y media, habían recibido una llamada telefónica de un abogado de Austin. Pues bien, el hermano de Hadley había muerto hacía cuatro meses, y, según parecía, rico («Es increíble la suerte que pueden tener algunos imbéciles», dijo aquel dechado de gratitud). El dinero procedía del petróleo y del arrendamiento de explotaciones petrolíferas y había dejado cerca de un millón de dólares.

Pero no, Hadley no era millonario (eso tal vez le hubiera hecho casi feliz, al menos por una temporada), sino que el hermano había dejado un legado bastante decente, de treinta y cinco mil dólares, para cada uno de sus parientes vivos de Maine, si se les podía localizar. No estaba nada mal. Como tener una racha de buena suerte y ganar todas las apuestas.

Pero para Byron Hadley el vaso estaba siempre a medias. Pasó casi toda la mañana quejándosele a Mert del mordisco que el maldito gobierno le pegaría a la breva de aquel legado.

—Me dejarán poco más o menos para comprarme un coche nuevo —concedía—. ¿Y luego qué? Hay que pagar los malditos impuestos del coche y las reparaciones y el mantenimiento y hay que aguantar a los malditos críos dándote la paliza para que les lleves a dar una vuelta con la capota bajada...

—Y para que les dejes *llevarlo* si ya tienen la edad —dijo Mert.

El viejo Mert sabía muy bien de qué pie cojeaba y no dijo lo que tenía que ser tan evidente para él como para todos los que escuchábamos: si tanto te fastidia ese dinero, Byron, muchacho, amigo mío, yo te quitaré el peso de encima. Después de todo, ¿para qué están los amigos?

—Eso, claro, querrán llevarlo ellos, querrán aprender a conducir, maldita sea —dijo Byron estremecido—. ¿Y qué pasa luego a fin de año? Si calculaste mal los impuestos y no te sobró bastante para pagar el total, tendrás que ponerlo de tu propio bolsillo o quizá pedirlo prestado a una de esas agencias. De todas formas te hacen una revisión, sabes. No importa. Y cuando los del gobierno examinan tus cuentas, siempre se quedan más. ¿Y quién puede luchar contra el Tío Sam? Te mete la mano dentro de la camisa y te exprime la tetilla hasta dejártela morada, y tú siempre te quedas con la peor parte. ¡Cristo!

Cayó en un silencio adusto, pensando en la espantosa mala suerte que había tenido al heredar aquellos treinta y cinco mil dólares. Andy Dufresne llevaba todo el rato extendiendo brea con una gran brocha a menos de cinco metros de los guardianes, y en ese momento echó la brocha al cubo y se fue directamente hacia Mert y Hadley.

Nos sobresaltamos todos, y yo advertí que uno de los otros guardias, Tim Youngblood, se llevaba la mano a la funda de la pistola. Uno de los tipos de la torreta de vigilancia dio en el brazo al compañero y ambos se volvieron.

Por un momento creí que iban a disparar contra Andy, o a aporrearle, o ambas cosas.

Entonces, con mucha calma, le dijo a Hadley:

—¿Confía usted en su esposa?

Hadley se limitó a mirarle fijamente. Estaba empezando a ruborizarse y yo sabía que aquello era un mal presagio. En el plazo de unos tres segundos sacaría la porra y le atizaría a Andy con la punta justo en el plexo solar, en ese punto exacto en que está el haz nervioso. Un golpe lo bastante fuerte en ese punto puede matarte. Pero ellos siempre buscan precisamente ese punto. Si el golpe no es mortal, te dejará paralizado el tiempo suficiente para que olvides cualquier jugada inteligente que tuvieras pensada.

—Muchacho —dijo Hadley—, te daré una sola oportunidad de volver a coger esa brocha. Y luego te caerás de cabeza por la azotea.

Andy se le quedó mirando, muy tranquilo, sin decir nada. Sus ojos eran como hielo. Igual que si no le hubiera oído. Y me sorprendí deseando explicárselo todo, deseando darle el curso intensivo. El curso intensivo es: no reveles *jamás* que oyes la conversación de los guardianes, no intentes intervenir *jamás* en su conversación a no ser que te pregunten (y, en tal caso, contéstales sólo lo que desean oír y luego cierra el pico). Negros, blancos, rojos, amarillos, en la cárcel eso no importa: tenemos un género propio de igualdad. En prisión, todos los reos son negros y tendrás que hacerte a la idea si quieres sobrevivir a tipos como Hadley y Greg Stammas, que realmente te matarían nada más verte. Cuando estás en chirona, perteneces al Estado, y si lo olvidas, peor para ti. He conocido a hombres que se quedaron sin ojos, a hombres que se quedaron sin los dedos de las manos, sin los dedos de los pies, conocí a un hombre que perdió la punta del pene y se consideraba afortunado por haber perdido sólo eso. Quería decirle a Andy que ya era demasiado tarde. Podría dar la vuelta y recoger la brocha, pero aun así habría algún mastodonte esperándole en las duchas aquella noche, dispuesto a partirle las piernas y dejarle tirado en el suelo retorciéndose. Podías comprar a uno de aquellos tipos por un paquete de cigarrillos o unos caramelos y, sobre todo, deseaba decirle que no hiciera nada que empeorara aún más las cosas.

Y lo que hice fue seguir echando brea en la azotea como si no ocurriera absolutamente nada. Como todo el mundo, cubría primero mi propio trasero. Tenía que hacerlo. Ya está agrietado, y en Shawshank siempre ha habido algún Hadley dispuesto a terminar la tarea de destrozarlo.

—Tal vez no lo haya dicho bien —dijo Andy—. En realidad poco importa que confíe o no en ella. La cuestión es si cree que podría engañarle alguna vez, intentar incapacitarle.

Hadley se levantó. Mert se incorporó. Tim Youngblood se incorporó. Hadley tenía la cara al rojo vivo.

—La única cuestión —le dijo— que se te planteará a ti será averiguar cuántos huesos te quedan sanos. Pero podrás averiguarlo en la enfermería. Vamos, Mert, vamos a tirar abajo a este tipo.

Tim Youngblood sacó el arma. Todos los demás nos lanzamos a embrear como locos. El sol pegaba fuerte. Iban a hacerlo; Hadley y Mert se limitarían a tirarle por el pretil. Horrible accidente. Dufresne, prisionero 81433-SHNK, resbaló en la escalera cuando bajaba dos cubos vacíos. Pobrecillo.

Ambos le sujetaron, Mert del brazo derecho, Hadley del izquierdo. Andy no se resistía. No apartó la vista ni un instante de la cara enrojecida y furiosa de Hadley.

—Si tiene usted plena confianza en ella, señor Hadley —dijo, con el mismo tono sereno y tranquilo—, no hay ningún motivo para que no se quede usted hasta el último céntimo de ese dinero. Resultado final: señor Byron Hadley, treinta y cinco mil dólares-Tío Sam, cero.

Mert empezó a arrastrarle hacia el borde del pretil. Hadley se quedó quieto. Por un instante, Andy parecía entre ellos la cuerda en una competición de fuerza.

—Un momento, Mert —dijo entonces Hadley—. ¿Qué quieres decir, muchacho?

—Quiero decir que, si tiene usted plena confianza en ella, puede regalárselo —dijo Andy.

—Más vale que empieces a explicar las cosas bien o te vas por ahí abajo.

—El Servicio de Inspección Tributaria permite una donación única a la esposa —dijo Andy—. Hasta un total de sesenta mil dólares.

Hadley miraba ahora a Andy como si estuviera idiotizado.

—Vamos, eso no puede ser —dijo—. ¿*Libre* de impuestos?

—Libre de impuestos —contestó Andy—. El Servicio de Inspección no puede tocarlo.

—¿Y cómo diablos sabes tú eso?

—Era banquero, Byron. Supongo que tendría... —dijo Youngblood.

—Cierra el pico, *Trucha* —dijo Hadley sin mirarle siquiera. Tim Youngblood se puso colorado y se calló. Algunos guardias le llamaban *Trucha* porque tenía los labios muy gruesos y los ojos saltones. Hadley seguía mirando a Andy—. ¿Eres el banquero listo que asesinó a su esposa? ¿Y por qué iba yo a hacer caso a un banquero listo como tú? Podría acabar partiendo piedras codo a codo contigo... Eso te gustaría mucho, ¿verdad?

Andy dijo con toda calma:

—Los que cumplen condena por evasión de impuestos van a una prisión federal, no a Shawshank. Pero usted no irá a la cárcel. La donación libre de impuestos a la esposa es un truco perfectamente legal. Yo he hecho docenas... mejor dicho, cientos. Está especialmente pensado para personas que traspasan pequeños negocios o para casos concretos como el de usted.

—Creo que estás mintiendo —dijo Hadley, aunque era evidente que le creía... se le veía en la cara.

Afloró a ella una emoción grotesca que cubría aquellos rasgos grandes y feos y la frente, crispada y quemada por el sol. En el rostro de Byron Hadley se reflejaba una emoción que resultaba casi obscena. Era la esperanza.

—No, no miento. Pero no tiene usted por qué fiarse de mi palabra. Contrate un abogado...

—¡Esos picapleitos ladrones hijoputas! —gritó Hadley fuera de sí.

Andy se encogió de hombros.

—Pues vaya al Servicio de Inspección Tributaria. Le dirán lo mismo gratuitamente. En realidad, no tiene por qué fiarse de lo que yo diga. Puede comprobarlo por su cuenta.

—Maldito sabihondo. No necesito a ningún banquero listo asesinaesposas que me diga lo que tengo que hacer.

—Necesitará un asesor fiscal o un banquero que tramite la donación, y eso le costará algo —dijo Andy—. O... en caso de que le interese, yo se lo haría con mucho gusto y prácticamente gratis. Le cobraría unas tres cervezas para cada uno de mis compañeros de trabajo...

—Compañeros de trabajo —dijo Mert, soltando una bronca risotada. Se dio una palmada en la rodilla. Siempre se palmeaba la rodilla aquel tipo que ojalá muera de cáncer intestinal en un lugar del mundo en que no conozcan aún la morfina—. Compañeros de trabajo, ¿verdad que tiene gracia? ¡Compañeros de trabajo! ¡No recibirás ni una...!

—¡Cierra esa bocaza! —rugió Hadley, y Mert se calló. Hadley volvió a mirar a Andy—. ¿Qué era lo que estabas diciendo?

—Decía que yo sólo pediría tres cervezas para cada uno de mis compañeros de trabajo, si le parece bien —dijo Andy—. Creo que un hombre se siente más persona cuando tiene que trabajar al aire libre en primavera con una botella fresca y espumosa. Es sólo una opinión más. Sería agradable y estoy seguro de que se ganaría la gratitud de todos.

He hablado con algunos de los hombres que estaban allá arriba aquel día (Rennie Martin, Logan St. Pierre y Paul Bonsait eran tres de los que estaban) y todos vimos lo mismo en aquel momento, todos *sentimos* lo mismo. De repente era Andy quien llevaba la voz cantante. Hadley era quien tenía el arma a la cadera y la porra en la mano, Hadley quien tenía detrás a su amigo Greg Stammas y a toda la administración de la penitenciaría detrás de Stammas, todo el poder del Estado respaldándole; pero de repente, en aquella soleada mañana, eso no importaba y sentí que el corazón me daba un vuelco como no lo había hecho desde que el furgón que me trajo aquí junto con otros cuatro presos entró por la puerta trasera allá por 1938 y salté al patio.

Andy miraba a Hadley con sus ojos claros, fríos, serenos, y entonces no se trataba sólo de los treinta y cinco mil pavos; todos estábamos de acuerdo en eso. He vuelto a repasar la escena una y otra vez mentalmente y lo *sé*. Era un mano a mano, y sencillamente Andy *ganó*, igual que un hombre fuerte vence en un pulso a otro más débil. No había motivo alguno, comprendes, para que Hadley no le hubiera hecho una seña a Mert en aquel mismo instante, y hubiesen arrojado a Andy de cabeza por la azotea, y hubiese seguido su consejo en lo del legado.

No había razón alguna para que no lo hiciera. *Pero no lo hizo*.

—Podría daros a todos un par de cervezas, si quisiera —dijo Hadley—. Resulta agradable tomar una cerveza mientras se está trabajando. —El muy imbécil intentaba mostrarse generoso incluso.

—Le daré incluso un consejo que en el Servicio de Inspección no se molestarían en proporcionarle —dijo Andy. Miraba a Hadley fijamente, sin un pestañeo—. Haga la donación a su esposa si está *seguro*. Si cree que puede haber la más mínima posibilidad de que le traicione, buscaríamos alguna otra forma...

–¿Traicionarme? –preguntó Hadley con aspereza–. ¿Traicionarme *a mí*? Mire, Señor Banquero Competente, no se atrevería ni a tirar un pedo sin mi permiso, aunque se hubiera tomado un quintal de laxantes.

Mert, Youngblood y los otros guardias le rieron cumplidamente la gracia. Andy se mantuvo imperturbable.

–Le anotaré los impresos que necesita –dijo–. Puede conseguirlos en la oficina postal y yo los cumplimentaré para que los firme.

Aquello parecía algo muy importante y Hadley hinchó el pecho. Luego nos barrió con una mirada furiosa y vociferó:

–¿Qué es lo que miráis vosotros, desgraciados? ¡A mover el culo, venga, maldita sea! –Se volvió a Andy–. Tú, ven aquí conmigo, sabihondo. Y escúchame bien: si me estás engañando, acabarás buscando tu propia cabeza antes de que termine la semana...

–Sí, sí, comprendido –dijo Andy suavemente.

Y lo comprendía, sí. Tal como resultaron las cosas, creo que comprendía mucho más que yo... más que ninguno de nosotros.

Y así fue como, el penúltimo día de trabajo, el equipo de presos que embreamos la azotea del taller de placas en 1950 estábamos sentados en hilera a las diez en punto de una mañana primaveral bebiendo cerveza Black Label proporcionada por el guardián más cruel que haya pisado la Prisión Estatal de Shawshank. Aquella cerveza era orina caliente, pero aun así es la mejor que he bebido en mi vida. Nos sentamos allí y bebimos la cerveza y sentíamos el sol en los hombros, y ni siquiera la expresión medio irónica medio despectiva de Hadley (como si estuviera mirando cómo bebía cerveza un grupo de monos, en vez de un grupo de hombres) pudo amargarnos el descanso. Duró veinte minutos, veinte minutos durante los cuales nos sentimos hombres libres. Podríamos haber estado bebiendo cerveza y embreando la azotea de una de nuestras propias casas.

Andy fue el único que no bebió. Ya hablé de sus hábitos respecto a la bebida. Estaba acuclillado a la sombra, con las manos colgando entre las rodillas contemplándonos y sonriendo levemente. Es curioso el número de hombres que le recuerdan así, y es asombroso el número de hombres que estaban en aquel grupo de trabajo cuando Andy Dufresne doblegó a Byron Hadley. Creo que éramos nueve o diez, pero en 1955 debíamos haber sido por lo menos doscientos, o quizá más... si hacías caso de lo que oías.

Así que, bueno, si me pides una respuesta clara a la pregunta de si intento hablarte de un hombre o de la leyenda que fue creciendo alrededor de ese hombre como lo hace la perla alrededor de un granito de arena, tendría que decirte que la respuesta está en algún punto intermedio entre hombre y leyenda. Lo único que sé a ciencia cierta es que Andy Dufresne no era como yo ni como ningún otro individuo que yo haya conocido desde que estoy en la cárcel. Entró en la cárcel con quinientos dólares en su puerta trasera, pero aquel sesudo hijo de perra logró no sé cómo entrar también con algo más. Un sentido de su propia valía, quizás, o la certeza de que al final ganaría él... o quizá fuera sólo el sentido de la libertad, dentro incluso de estos muros grises malditos. Era una especie de luz interior que llevaba consigo a todas partes. Sólo una vez le vi perder esa luz, y también eso forma parte de esta historia.

Para las Series Mundiales de Béisbol de 1950 (recordarás que fue el año que los Whiz Kids de Filadelfia marcaron cuatro tantos seguidos) Andy ya no tenía problemas con las *hermanas*. Stammas y Hadley habían corrido la voz. Si Andy Dufresne se presentaba a cualquiera de ellos dos o a cualquier carcelero de los que formaban parte de su camarilla y les mostraba aunque sólo fuera una gota de sangre en los calzoncillos, todas las hermanas de Shawshank se acostarían aquella noche con dolor de cabeza. No discutieron. Como ya dije, siempre había a mano algún ladrón de coches de dieciocho años o una loca o algún tipo que había manoseado niños. Después de su conversación con Hadley en el terrado, Andy siguió su camino y las hermanas el suyo.

Trabajaba entonces en la biblioteca, a las órdenes de un viejo presidiario llamado Brooks Hatlen. Hatlen había conseguido aquel puesto allá por los años veinte, porque tenía estudios universitarios. Aunque Brooksie estaba especializado en la cría de animales, las personas con formación universitaria en institutos de enseñanza inferior como el Shank son tan raras que, en fin, es aquello de a caballo regalado no le mires el diente.

A Brooks, que había matado a su mujer y a su hija después de una mala racha al póquer por la época en que Coolidge era presidente, le concedieron la libertad vigilada en 1952. Como siempre, el Estado, con su gran sabiduría, le dejaba salir cuando había desaparecido ya toda posibilidad de que volviera a convertirse en miembro útil de la sociedad. Cuando salió tambaleante por la puerta principal de la prisión, con su traje polaco, sus zapatos franceses, sus papeles acreditando la concesión de la libertad vigilada en una mano y el billete para el autobús de la compañía Greyhound en la otra, iba llorando. Shawshank era su mundo. Todo lo que quedaba al otro lado de sus muros le resultaba tan espantoso como el Mar Tenebroso de Occidente a los supersticiosos marinos del siglo quince. En la cárcel Brooksie había sido una persona de cierta importancia. Era el bibliotecario, una persona culta. Creo que si cuando salió hubiera ido a la biblioteca Kittery a pedir trabajo, no le habrían dado ni la tarjeta de lector. Me enteré de que murió en 1953 en un asilo de ancianos indigentes; había durado seis meses más de lo que yo había calculado. Sí, creo que el Estado le jugó una mala pasada, eso mismo. Le adiestraron para sentirse a gusto dentro de esta pocilga y luego le echaron.

Andy ocupó el puesto de Brooksie; fue bibliotecario de la cárcel veintitrés años. Empleó la misma voluntad firme que le habíamos visto utilizar con Byron Hadley para conseguir todo lo que quería para la biblioteca y poco a poco fue convirtiendo un cuarto pequeño (que olía todavía a aguarrás porque había sido cuarto de pintura hasta 1922 y no se había ventilado bien), lleno de «Libros Condensados» del *Reader's Digest* y de *National Geographic*, en la mejor biblioteca carcelaria de Nueva Inglaterra.

Y lo hizo paso a paso. Colocó junto a la puerta un buzón de sugerencias y eliminó pacientemente sugerencias humorísticas como *Más libros de tías por fabor* y *Cómo fujarse en 10 lesiones*. Consiguió traer cosas que los presos parecían tomarse en serio. Escribió a los principales clubs de libros de Nueva York, dos de los cuales, la Asociación Literaria y el Club del Libro del Mes, nos enviaron sus principales selecciones a precios especiales. Descubrió el deseo de información sobre aficiones como la carpintería, la talla de jabón, prestidigitación, solitarios. Y consiguió cuantos libros pudo sobre estos temas. Y esos dos artículos de consumo de las prisiones que son Erle Stanley Gardner y Louis L'Amour. Parece que los presos nunca se cansan de juicios y delitos. Y sí, tenía una sección de libros de bolsillo bastante picantes debajo del mostrador de préstamos; los prestaba con gran cautela, asegurándose siempre de que se los devolvieran. Aun así, toda nueva adquisición de este tipo se leía voraz y rápidamente y quedaba en bastante mal estado.

En 1954 empezó a escribir al Senado estatal de Augusta. Era por entonces director Stammas, que quería aparentar que Andy era una especie de mascota suya. Siempre estaba en la biblioteca charlando con él y llegaba a veces incluso a echarle paternalmente un brazo por el hombro o a darle una palmada. Pero no nos engañaba. Andy no era la mascota de nadie.

Advirtió a Andy que, aunque hubiera sido banquero en el exterior, aquella parte de su existencia pertenecía a su pasado y que mejor sería que se atuviera a las realidades de la vida carcelaria. En cuanto a aquel puñado de republicanos del Club Rotario de Augusta, para ellos sólo existían tres formas viables de emplear el dinero de los contribuyentes dedicado a cárceles y otros centros penales. Número uno: más muros; número dos: más barrotes; número tres: más guardias. En cuanto al Senado concretamente, explicaba Stammas, los tipos de Thomastan y Shawshank y Pittsfield y South Portland eran la escoria de la humanidad. Estaban allí para pasarlo mal y, por Dios y su hijito Jesús, que era precisamente mal como iban a pasarlo. Y si había algunos gusanos en el pan, qué se iba a hacer.

Andy sonrió con su sonrisa leve y comedida y preguntó a Stammas qué le pasaría a un bloque de hormigón si caía en él una gota de agua una vez al año durante un millón de años. Stammas se echó a reír y le dio unas palmadas en la espalda.

—Pero no tienes un millón de años, hijo mío. Aunque, si los tuvieras, apuesto a que tendrías esa misma sonrisilla en la cara. Adelante, escribe tus cartas y yo las echaré al correo si pagas los sellos.

Y eso hizo Andy. Y fue él quien sonrió el último, aunque ni Hadley ni Stammas estaban allí para verlo. Las peticiones que cursó Andy de fondos para la biblioteca fueron rechazadas hasta 1960, año en que recibió un cheque de doscientos dólares (cantidad seguramente asignada con la esperanza de que se callaría de una vez y les dejaría en paz). Vana esperanza. Andy creía que al fin había conseguido meter un pie en la puerta y duplicó sus esfuerzos; dos cartas a la semana en vez de una. En 1962 recibió cuatrocientos dólares y a partir de entonces la biblioteca recibió puntualmente setecientos dólares al año hasta 1970. En 1971 la asignación ascendía a mil dólares. Aunque no sea mucho comparado con lo que recibe, supongo, la biblioteca de tu pueblo, con mil pavos se pueden comprar muchas historias de Perry Mason y muchas novelas de Jake Logan. Para cuando Andy se fue, podías ir a la biblioteca (que había crecido y ocupaba tres habitaciones) y encontrar lo que quisieras. Y, si no lo encontrabas, había muchas posibilidades de que Andy pudiera conseguírtelo.

Te preguntarás, imagino, si todo esto sucedió sólo porque Andy le explicó a Byron Hadley cómo podía ahorrarse los impuestos del legado. La respuesta es sí... y no. Pero lo que pasó creo que puedes deducirlo tú solo.

Se corrió la voz de que Shawshank contaba con una especie de mago de las finanzas. En el verano y finales de la primavera de 1950, Andy creó dos fondos fiduciarios para los guardianes que querían asegurarse de que sus chicos pudiesen estudiar, aconsejó a otros dos que querían hacer pequeñas operaciones de bolsa con acciones ordinarias (y la cosa les salió extraordinariamente bien); a uno de ellos le fue tan bien que pudo retirarse dos años después; y, bueno, llegó a asesorar al propio director, al viejo George Dunahy, en su declaración a Hacienda. Eso fue poco antes de que Dunahy fuera expulsado y creo que debía estar soñando con los millones que le iba a proporcionar su libro. En abril de 1951, Andy hizo las declaraciones fiscales de la mitad de los guardianes de Shawshank y en 1952 prácticamente las de todos. Le pagaban en la moneda más valiosa en la cárcel: simple buena voluntad.

Más tarde, cuando tomó el mando Greg Stammas, Andy adquirió aún más influencia (aunque, si intentara explicar detalladamente cómo lo consiguió, estaría elucubrando). Sé que había presos que disfrutaban de todo tipo de consideraciones especiales (radios en sus celdas, concesión de permisos de visita extraordinarios y cosas así) y que fuera de la cárcel había gente que pagaba para que gozaran de tales privilegios. Los presos llaman «ángeles» a esas personas. De repente a un tipo se le excusaba de trabajar los sábados por la mañana en el taller y entonces sabías que aquel tipo tenía fuera un ángel que soltaba pasta para que él gozara de tal privilegio. Solía funcionar así: el ángel untaba a algún guardián de categoría media que era quien se encargaba de untar a su vez a los funcionarios de ambos extremos de la escala.

Y luego estaba el servicio de reparación de coches, que fue lo que hundió a Dunahy. Desapareció durante un tiempo, y después, a finales de los cincuenta, resurgió con más vigor que nunca. Y algunos de los concesionarios que trabajaban de vez en cuando en la cárcel pagaban comisiones a los altos funcionarios de la administración, estoy completamente seguro, y podría decir casi con la misma seguridad otro tanto de las empresas a las que se compraba equipo para la lavandería y para el taller de placas y para la prensa de estampar que se instaló en 1963.

A finales de la década de los sesenta había también un floreciente mercado de pastillas en el que intervenía la misma pandilla de funcionarios. Todo lo cual significaba una cantidad considerable de ingresos ilícitos. No el montón de pasta que debe circular en una prisión verdaderamente grande como Attica o San Quintín, pero algo nada despreciable desde luego. Y, al cabo de un tiempo, el dinero en sí se convirtió también en un problema. No puedes amontonarlo en la cartera y sacar luego un buen fajo de billetes de veinte todos arrugados y de billetes de diez con las puntas gastadas para hacer una piscina en el patio trasero o algún arreglo en casa. Cuando pasas de determinado punto, tienes que explicar de dónde sale el dinero... y si las explicaciones no resultan bastante convincentes conseguirás que te regalen un uniforme con un número.

En una palabra, los servicios de Andy eran necesarios. Le sacaron de la lavandería y le instalaron en la biblioteca, pero, bien visto, de la lavandería no le sacaron nunca. En realidad, sencillamente le pusieron a lavar, en vez de sábanas sucias, dinero sucio. Lo invertía en acciones en bonos, en fondos municipales libres de impuestos, llámale como quieras.

En cierta ocasión, unos diez años después de aquel famoso día del terrado del taller, me dijo que sabía muy bien lo que estaba haciendo y que tenía relativamente tranquila la conciencia. Fraude fiscal habría con él o sin él. Y él no había pedido que le mandaran a Shawshank. Era víctima inocente de una mala suerte increíble, no era un misionero ni un filántropo.

—Además, Red —me dijo, con aquella semisonrisa suya—, lo que hago aquí no es muy diferente de lo que hacía fuera. Oye este axioma cínico: el asesoramiento financiero especializado que necesita un individuo o una empresa es directamente proporcional al número de personas a las que ese individuo o empresa estafa. Casi todos los que rigen este lugar son unos monstruos brutales y estúpidos. Los que dirigen el honrado mundo exterior son monstruosos y brutales, aunque quizá no tan estúpidos porque fuera el nivel de aptitud es un poco más alto. No mucho, pero un poco más sí.

—Pero las pastillas… —dije—. No quiero meterme en tus cosas, pero a mí, la verdad, me repugnan. Barbitúricos, estimulantes, calmantes, nembutales… y toda esa porquería. Yo esas cosas no quiero tomarlas. Ni siquiera las he probado.

—No —dijo Andy—. Tampoco a mí me gustan las pastillas. Nunca tomo. Pero apenas consumo cigarrillos o alcohol. Yo no fomento lo de las pastillas. Ni las traigo a la cárcel ni las vendo dentro. Creo que es cosa de los guardianes.

—Pero…

—Ya, ya sé. La línea divisoria es muy sutil. Mira, Red, hay personas que se niegan en redondo a ensuciarse. A eso se le llama santidad, pero las palomas se te posan en el hombro y al final te cagan la camisa. El otro extremo es meterse hasta el cuello en la mierda y comerciar con todo lo que dé dinero, armas de fuego, navajas, heroína, lo que sea. ¿Nunca te ha propuesto un trato de este tipo un preso?

Asentí. Muchas veces en estos años, sí. Después de todo, uno es el tipo que consigue cosas. Y creen que, si puedes conseguirles pilas para transistores o cartones de Luckies o una onza de yerba, también puedes ponerles en contacto con un navajero.

—Seguro que sí —convino Andy—. Pero no lo aceptas. Porque los individuos como nosotros, Red, sabemos que existe una tercera posibilidad, una alternativa a mantenerte puro o pringarte. Y esa alternativa es la que eligen todos los seres adultos del mundo. Procurar atravesar el lodazal sin enfangarte. Entre dos males, eliges el menor y procuras mantener tus buenas intenciones, mantenerte puro ante ti mismo. Y supongo que sabes que lo has logrado cuando puedes dormir bien de noche... y por los sueños que tienes.

—Buenas intenciones —dije, y sonreí—. Sobre buenas intenciones yo sé todo lo que hay que saber, Andy. Puede uno acabar en el infierno de cabeza si se sigue ese camino.

—No lo creas —dijo, poniéndose sombrío—. El infierno está aquí mismo. Aquí mismo en el Shank. Venden pastillas y yo les digo lo que tienen que hacer con el dinero. Pero tengo también la biblioteca y conozco a más de dos docenas de tipos que han usado los libros aquí dentro para conseguir aprobar los exámenes del bachillerato. Tal vez cuando salgan puedan evitar la ciénaga. Cuando necesitamos una segunda sala en 1957, la conseguí. Querían tenerme contento. Trabajo barato. El trato es ése.

—Y tienes tus habitaciones privadas.

—Claro. Lo que a mí me gusta.

La población de la cárcel había crecido lentamente durante la década de los cincuenta y en la década siguiente aquello fue casi una invasión, con tantos colegiales en todo el país queriendo probar la yerba y aquellas penas absurdas que ponían por fumarse un porro. Pero, durante todo aquel período, Andy siguió sin compañero de celda, aparte de un indio grandón muy silencioso que se llamaba Normanden (a quien llamábamos *Jefe*, como a todos los indios en Shawshank), y Normanden estuvo aquí poco tiempo. Muchos de los otros presos que tenían que cumplir condenas largas pensaban que Andy estaba loco, pero Andy se limitaba a sonreír. Vivía solo y le gustaba... y, como él mismo decía, ellos querían tenerle contento. Trabajaba barato.

En la cárcel el tiempo transcurre lentamente; hay veces que hasta jurarías que se para, que no pasa; pero pasa. George Dunahy desapareció de escena entre un tumulto de titulares de periódicos que proclamaban ESCÁNDALO y HACIENDO SU AGOSTO. Le sucedió Stammas y los seis años siguientes, más o menos, Shawshank fue una especie de infierno viviente. Todo el tiempo que duró el reinado de Stammas estuvieron llenas las camas de la enfermería y las celdas del ala de Incomunicados.

Cierto día de 1958, me miré en un espejito que tenía en la celda para afeitarme y vi que desde él me contemplaba un hombre de cuarenta años. Allá por 1938 había ingresado en Shawshank un chico pelirrojo, un chaval casi enloquecido de remordimiento, pensando en el suicidio; aquel chaval ya no existía. Le encanecía ya el pelo, cada vez más escaso. Tenía patas de gallo en torno de los ojos. Desde el espejo me miraba un anciano que esperaba cumplir su condena. Sentí un intenso dolor. Es terrible envejecer en la cárcel.

Stammas se fue a principios de 1959. Habían andado husmeando por allí reporteros detectives, uno de los cuales había llegado incluso a cumplir cuatro meses con un nombre falso por un delito inventado. Se disponían a airear de nuevo el ESCÁNDALO; pero, antes de que pudieran descargar el golpe, Stammas se largó. Es lógico. Lo entiendo muy bien. Si le hubieran juzgado y condenado, podría haber terminado aquí mismo. Y, en tal caso, no creo que hubiera durado más de cinco horas. Hacía dos años que Byron Hadley se había marchado. El mamonazo tuvo un ataque de corazón y pidió el retiro voluntario.

A Andy no le afectó nada lo de Stammas. A principios de 1959 nombraron nuevo director, nuevo ayudante de director y nuevo jefe de guardianes. Durante los ocho meses siguientes, Andy volvió a ser un presidiario más. Fue entonces cuando Normanden, aquel mestizo pasamacuody tan grande, compartió la celda con él. Luego todo volvió a empezar. Trasladaron a Normanden y Andy recuperó su esplendor solitario. Cambiaron los nombres de los jefes, pero no las trampas.

Un día hablé con Normanden de Andy. «Agradable tipo —dijo Normanden. Era difícil comprender lo que decía porque tenía un labio leporino y fisura palatina. Soltaba las palabras en una confusa mezcolanza—. Estar bien allí. Nunca se burlaba. Pero no quería que estar nadie allí. Seguro. —Gran encogimiento de hombros—. Encantado irme yo. Mucha corriente haber en celda. Siempre frío. No dejaba nadie tocar sus cosas. Está bien. Agradable tipo, nunca burlaba. Pero mucha corriente.»

Rita Hayworth estuvo colgada en la celda de Andy hasta 1955, si no recuerdo mal. Luego, Marilyn Monroe, aquella foto en la que está en una rejilla del metro y el aire le alza la falda. Marilyn duró hasta 1960 y estaba bastante gastada por los bordes cuando Andy la sustituyó por Jane Mansfield. Jane era, perdón por la expresión, un busto. Al cabo de un año o así, la sustituyó una actriz inglesa, Hazel Court, me parece, pero no estoy seguro. En 1966 la descolgó y colgó a Raquel Welch, que batió un récord de seis años en la celda de Andy. El último cartel que colgó fue el de una cantante de rock country, una tal Linda Ronstadt.

Una vez le pregunté qué significaban para él aquellos carteles y me dirigió una extraña mirada de sorpresa.

—Bueno, supongo que lo mismo que para la mayoría de los presos —me dijo—. Libertad. Contemplando a esas mujeres hermosas sientes casi como... no del todo sino casi... como si pudieras dar un paso al frente, atravesar la foto y encontrarte a su lado. Ser libre. Supongo que Raquel Welch era la que más me gustaba; no era sólo por ella, era también aquella playa. Parecía una playa mexicana. Un lugar tranquilo en el que un hombre pudiera oírse pensar. ¿Nunca has sentido eso con una foto, Red? ¿Que casi podías entrar en ella?

Le dije que yo, en realidad, nunca me lo había planteado así.

—Algún día quizá comprendas lo que quiero decir —me dijo, y estaba en lo cierto. Años después comprendí exactamente lo que quería decir... y lo primero que hice entonces fue pensar en Normanden y en lo que me había dicho de lo fría que era la celda de Andy.

A finales de marzo o principios de abril de 1963, le ocurrió una cosa terrible. Ya dije que él poseía algo de lo que los demás prisioneros, incluido yo, al parecer carecemos. Llámeselo sentido de la ecuanimidad, o paz interior o, si quieres, fe inquebrantable y constante en que algún día concluirá la larga pesadilla. Llámesele como se le llame a eso, lo cierto es que Andy Dufresne parecía dominar siempre la situación. En él no había ni asomo de esa desesperanza sombría que parece apoderarse al cabo de un tiempo de casi todos los condenados a muchos años de cárcel. Nunca podías ver en él ni sombra siquiera de desesperanza. Hasta aquel invierno del sesenta y tres.

Había un director nuevo entonces, un tal Samuel Norton. Nadie le vio sonreír nunca, que yo sepa. Llevaba siempre un distintivo de los baptistas adventistas de Eliot. La principal innovación que aportó como cabeza de una familia feliz como la nuestra fue procurar que todos los presos que ingresaban en la cárcel tuvieran un Nuevo Testamento. Tenía en su mesa una plaquita, letras doradas incrustadas en madera de teca, con estas palabras: JESÚS MI SALVADOR. En la pared, un pañito bordado por su esposa decía: EL JUICIO LLEGARÁ Y SIN TARDANZA. Esto último, no emocionaba a casi nadie. Nuestro juicio ya se había celebrado y estábamos tan dispuestos como el que más a declarar que ni la roca nos ocultaría ni nos cobijaría la cruz. El señor Sam Norton tenía una cita bíblica para cada ocasión; y, si quieres un consejo, siempre que te topes con tipos así sonríe de oreja a oreja y cúbrete los huevos con las manos.

En tiempos de Sam Norton, la enfermería no estaba tan abarrotada y yo diría que los enterramientos a la luz de la luna cesaron por completo, lo cual no quiere decir, por otra parte, que el señor Sam Norton no fuera un ferviente partidario del castigo. La zona de Incomunicados estaba bien poblada. Y los hombres no perdían los dientes por las palizas, pero sí por las dietas a pan y agua ordenadas por Sam Norton.

Aquel tipo era el hipócrita más asqueroso que he visto en un puesto importante. Los fraudes de que hablé antes siguieron florecientes y Sam Norton les añadió algunos toques y métodos personales. Andy estaba al tanto de todo y como para entonces nos habíamos hecho buenos amigos me explicó algunos de esos métodos. Cuando hablaba de esto solía adoptar una expresión disgustada y divertida, como si me estuviera hablando de alguna especie predadora de insectos repugnantes que fuera, por su fealdad y su voracidad, en cierto modo, más que temible, cómica.

Fue Sam Norton quien estableció el programa «Dentro-Fuera», sobre el que tal vez leyeras algo hace unos dieciséis o diecisiete años. Hasta *Newsweek* publicó un artículo describiéndolo y alabándolo. Visto así en la prensa, podía parecer un auténtico avance en la rehabilitación y las correcciones prácticas. Había presos que trabajaban fuera cortando madera prensada, que arreglaban puentes y carreteras, había presos que construían almacenes de patatas. Norton lo denominó programa «Dentro-Fuera» y le invitaron a explicar el plan en casi todos los clubs Kiwani y de rotarios de Nueva Inglaterra, sobre todo después de que salió retratado en *Newsweek*. Los presos le llamaban a aquello «la brigada de caminos», aunque, que yo sepa, no invitaron a ninguno a exponer sus opiniones a los kiwanianos, ni a la Leal Orden del Alce.

Norton estaba presente en toda operación de este tipo, con distintivo y todo; ya fuese cortar madera prensada o hacer canales para el agua de lluvia o un nuevo tendido de alcantarillado por debajo de las autopistas estatales, allí estaba Norton en primera fila. Había mil modos de hacerlo... hombres, materiales, lo que gustes. Pero tenía también otro aspecto aquel asunto. Las empresas constructoras de la zona estaban aterradas con el programa de trabajo en el exterior de Sam Norton, porque la mano de obra carcelaria es mano de obra esclava, con la que es imposible competir. Así que Sam Norton, el de los Testamentos y el distintivo religioso, recibió bajo cuerda muchos sobres bien abultados en los dieciséis años que fue director de Shawshank. Y, cuando recibía uno de estos sobres, podía sobrepujar la contrata, no pujar en absoluto, o alegar que todos los presos que hacían el trabajo de aquel programa estaban trabajando en otro sitio. Siempre me maravilló que Norton no apareciera un día en el maletero de un Thunderbird aparcado en cualquier carretera de Massachusetts con las manos atadas a la espalda y una docena de balas en la cabeza.

De cualquier modo, como dice la vieja canción, Dios mío, cómo corre el dinero. Seguro que Norton suscribiría el viejo criterio puritano de que el mejor modo de averiguar a qué personas favorece Dios de verdad es comprobar sus cuentas bancarias.

Andy Dufresne era la mano derecha de Norton en todo esto, su socio mudo. Norton sabía que podía presionar a Andy con la biblioteca, lo sabía y lo hacía. Andy me contó que uno de los aforismos preferidos de Norton era: «Una mano lava la otra». Así que Andy le aconsejaba y le hacía sugerencias útiles. No estoy seguro de que él organizara aquel programa de trabajo de Norton, pero sí lo estoy de que procesaba el dinero para aquel hipócrita hijo de puta. Daba buenos consejos, hacía sugerencias útiles, el dinero entraba a raudales y... ¡el muy hijoputa! La biblioteca recibía una serie nueva de manuales de reparación de automóviles, la colección nueva de la Enciclopedia Grolier, libros para preparar los exámenes académicos. Y, por supuesto, más obras de Erle Stanley Gardner y de Louis L'Amour.

Y estoy convencido de que pasó lo que pasó porque Norton no quería perder a su mano derecha. Diré más: pasó porque tenía miedo a lo que podría ocurrir si Andy alguna vez salía libre de la prisión estatal de Shawshank, a lo que podría decir Andy contra él.

Me fui enterando de la historia a retazos a lo largo de unos siete años, en parte, aunque no del todo, a través de Andy. A él nunca le gustó hablar de ese aspecto de su vida y no le culpo. La historia quizá me llegara en sus diversas partes de una docena de fuentes distintas. Dije ya una vez que los presos no son más que esclavos; y tienen ese hábito propio del esclavo de hacerse los tontos y tener los oídos bien abiertos. La fui conociendo por partes y no ordenadamente, pero te la contaré toda y tal vez entiendas por qué se pasó el tipo diez meses sumido en un desconcierto obsesivo y sombrío. Bueno, no creo que supiera la verdad hasta 1963, quince años después de haber aterrizado en este dulce hogar nuestro. Hasta que conoció a Tommy Williams, creo que no supo lo espantoso que podía llegar a ser realmente.

Tommy Williams ingresó en nuestra feliz familia en noviembre de 1962. Tommy se consideraba nativo de Massachusetts, pero no era orgulloso; a sus veintisiete años, había cumplido condenas por toda Nueva Inglaterra. Era ladrón profesional y, como ya habrás adivinado, debería, según mi opinión, haber elegido otro oficio.

Estaba casado y su esposa venía a visitarle una semana sí y otra también. Ella creía que mejorarían las cosas para Tommy (y, en consecuencia, también para su hijo de tres años y para ella), si Tommy conseguía el título de bachiller. Le convenció y Tommy empezó a visitar la biblioteca con regularidad.

Para Andy aquello era ya una vieja rutina. Procuró que Tommy dispusiera del material necesario para repasar las asignaturas que había aprobado en el instituto (que no eran muchas) y hacer el examen. Procuró también que se apuntara a una serie de cursos por correspondencia de las asignaturas que le quedaban, por haberlas suspendido o por no haberse presentado.

Tal vez no fuera el mejor estudiante que tuvo Andy y no sé si habrá conseguido el título de bachiller, pero eso no forma parte de mi historia. Lo importante es que Andy Dufresne le cayó muy bien, como a casi todo el mundo después de un tiempo.

Tommy le preguntó un par de veces a Andy: «¿Qué hace un tipo tan inteligente como tú en la cárcel?», pregunta que es tosco equivalente de aquello de: «¿Qué hace una chica tan guapa como tú en un sitio como éste?». Pero Andy no era el indicado para decírselo; se limitó a sonreír y procuró cambiar de tema. Tommy preguntó a otros, como es natural, y cuando supo al fin la historia recibió la gran impresión de su joven vida.

Preguntó a su compañero de trabajo en la plancha de vapor y dobladora de la lavandería. Los internos llaman a este aparato la trituradora porque, si te despistas y te enganchar, lo que hace es precisamente triturarte. Su compañero era Charlie Lathrop, que llevaba doce años en chirona por asesinato. Fue un placer para él explicarle a Tommy los detalles del juicio por asesinato de Dufresne; esto aliviaba la monotonía de tirar de las sábanas de la máquina y echarlas en el cesto. Estaba llegando ya a lo de cuando el jurado espera hasta después de comer para dar el veredicto cuando sonó la alarma de la máquina y ésta se paró. Habían estado echando las sábanas recién lavadas que salían secas y pulcramente planchadas por el otro extremo a un ritmo de una cada cinco segundos. Su trabajo consistía en cogerlas, doblarlas y echarlas en el carrito previamente forrado con papel de estraza limpio.

Pero Tommy Williams estaba allí como pasmado mirando boquiabierto a Charlie Lathrop. Y un montón de sábanas seguían saliendo limpias y estaban ahora absorbiendo toda la húmeda porquería del suelo (que puede ser mucha realmente en una lavandería). Bueno, en fin, el caso es que llegó corriendo el oficial de guardia, Homer Jessup, dando alaridos. Tommy ni se enteró. Le habló a Charlie como si el bueno de Homer, que seguramente había reventado más cabezas de las que podía contar, no estuviera allí.

—¿Cómo dijiste que se llamaba aquel entrenador de golf?

—Quentin —contestó Charlie, sorprendido y confuso por entonces. Contaría más tarde que el chico estaba tan blanco como una bandera de tregua—. Creo que Glenn Quentin. O algo muy parecido.

—¡Vamos, vamos! —gritó Homer Jessup, el cuello rojo como cresta de gallo—. Meted esas sábanas en agua caliente. ¡De prisa! ¡De prisa, por amor de Dios!

—Glenn Quentin, oh, Dios mío —dijo Tommy Williams, y eso fue todo lo que pudo decir antes de que Homer Jessup, el menos pacífico de los hombres, le atizara con la porra detrás de la oreja. Tommy cayó de bruces con tal fuerza que se rompió tres dientes. Cuando volvió en sí estaba en una celda incomunicado y allí estuvo una semana entera cumpliendo las buenas normas de Sam Norton. Además de ganarse un punto negativo en su expediente.

Todo eso ocurrió a primeros de febrero de 1963; cuando Tommy Williams volvió a su celda preguntó a otros seis o siete presos con condenas largas y todos le contaron más o menos la misma historia. Lo sé porque yo fui uno de ellos. Pero, cuando le pregunté por qué quería saberlo, se negó a decírmelo.

Luego, un día fue a la biblioteca y proporcionó a Andy buen surtido de información. Y, por primera y última vez, al menos desde que se había acercado a pedirme el cartel de Rita Hayworth como el chaval que compra su primer paquete de cigarrillos, Andy perdió el control... pero esta vez lo perdió por completo.

Le vi aquel mismo día, más tarde. Parecía el individuo que ha llegado al final de una pista y que se da un gran golpe entre los ojos. Le temblaban las manos y cuando le dirigí la palabra no me contestó. Antes de que la tarde terminara se había puesto en contacto con Billy Hanlon, que era el carcelero jefe, y concertado una cita con el director Norton para el día siguiente. Después me contaría que no había pegado ojo en toda la noche, oía aullar fuera el frío viento de invierno, veía cómo los focos daban vueltas y vueltas, proyectando móviles sombras alargadas en los muros de cemento de la jaula que llamaba hogar desde que Harry Truman era presidente, e intentaba meditar sobre todo aquello. Me dijo que era como si Tommy hubiera hecho aparecer de pronto la llave que abriese una jaula que era como su propia celda. Sólo que, en lugar de albergar a un hombre, aquella jaula albergaba a un tigre, un tigre llamado Esperanza. Williams había dado con la llave que abría la jaula y, lo quisiera o no, el tigre tenía libertad ahora para vagar por su cerebro.

A Tommy Williams le habían detenido cuatro años atrás en Rhode Island conduciendo un coche robado lleno de mercancías robadas. Tommy delató a su cómplice, el fiscal del distrito hizo un poco la vista gorda y le rebajaron la sentencia que se quedó, con el tiempo que había cumplido ya, en dos años. Cuando llevaba cumplidos once meses su compañero de celda salió libre y le asignaron a Tommy un nuevo compañero, un tipo llamado Elwood Blatch. A Blatch le habían detenido por robo a mano armada y allanamiento. Y en su día le habían sentenciado a una pena de seis a doce años.

–En mi vida he visto a un tipo más neurótico –me dijo Tommy–. Un hombre así nunca debería querer robar, y menos armado... Por el más leve ruido pegaba un bote hasta el techo y lo más seguro es que aterrizara disparando. Una noche estuvo a punto de estrangularme porque al fondo de la galería un tipo se puso a pegar en los barrotes de su celda con una lata.

»Pasé siete meses con él, hasta que me dejaron en libertad. Pasaba un tiempo en la cárcel y un tiempo fuera, ya sabes. No puede decirse que habláramos porque yo no llamaría exactamente conversación a aquello, ¿entiendes? Blatch no conversaba con nadie. Lo que hacía era hablar sin parar. No cerraba la boca. Y si intentabas meter baza, te amenazaba con el puño y revolvía los ojos. Cuando lo hacía, se me ponía la carne de gallina. Era un tipo enorme, casi completamente calvo, con unos ojos verdes muy hundidos en las cuencas. Ufff, espero no volver a verle nunca.

»Por las noches era como si hablar le emborrachase. Me contaba dónde se había criado, los orfelinatos de los que se había escapado, los trabajos que había hecho, las mujeres que se había tirado, las partidas de dados que había ganado. Yo me limitaba a dejarle hablar. Aunque mi cara no sea gran cosa, no me gustaría que me la hicieran nueva, la verdad.

»Había robado, según él, en unos doscientos garitos. Me costaba trabajo creerlo de un tipo como él que estallaba como un petardo con sólo oír un pedo; pero él juraba que era cierto. En fin, escucha Red... conozco a tipos que se enteran de algo y luego inventan cosas, pero recuerdo que antes incluso de haber oído el nombre de ese profesor de golf, de Quentin, pensaba que si Blatch entraba a robar en mi casa y yo le descubría, tendría que considerarme el mamón más afortunado del mundo por seguir aún con vida. ¿Puedes imaginártelo en el dormitorio de una señora, examinando su joyero y ella que tose dormida o que se da la vuelta? Sólo de pensarlo se me pone la carne de gallina, de veras, te lo juro por mi madre.

»Dijo también que había matado. A personas que le fastidiaban. Y yo le creí. Tenía todo el aspecto de un individuo capaz de asesinar. ¡Era un tipo tan endiabladamente neurótico y crispado! Era como una pistola con el percutor acortado. Conocí a un tipo que tenía una Smith & Wesson Police Special con el percutor acortado. No servía para nada, excepto como motivo de conversación. El tirador de aquella arma era tan ligero que podía dispararse si el tipo aquel, que se llamaba John Callahan, ponía el tocadiscos a todo volumen y la colocaba sobre uno de los altavoces. Pues Blatch era igual. No puedo explicarlo mejor. Pero el caso es que no dudé ni por un momento que hubiera despachado a unos cuantos.

»Así que una noche, sólo por decir algo, voy y le pregunto: "¿Y a quién mataste?", en plan de broma, ¿sabes? Y él se echa a reír y me dice: "Hay un tipo allá en Maine cumpliendo condena por dos que me cargué yo. Un tipejo y la mujer de ese cretino que está en la cárcel. Yo andaba rastreando la casa y aquel tipo empezó a fastidiarme".

»No recuerdo si llegó a decirme cómo se llamaba la mujer —siguió explicando Tom—. Tal vez lo hiciera. Pero, en

Nueva Inglaterra, Dufresne es como Smith o Jones en el resto del país, hay muchos apellidos franchutes por allí. Dufresne, Lavesque, Oulette, Poulin, quién puede recordar los nombres de los franchutes. Pero sí me dijo el nombre del tipo. Me dijo que el tipo se llamaba Glenn Quentin y que era un mierda, un tipo insoportable y rico, profesor de golf. Dijo que creía que el tipo aquel tenía dinero en casa, tal vez unos cinco mil dólares. Eso por entonces era muchísimo dinero, me dije. Así que le pregunto: "¿Cuándo fue eso?". Y él me contesta: "Después de la guerra. Nada más terminar".

»Así que se fue allá, dio un "repaso" y se despertaron y el tipo aquel se puso pesado. Eso me dijo él. Tal vez el tipo se pusiera a roncar, yo qué sé. Bueno, fuera como fuera él dijo que Quentin estaba en la piltra con la esposa de cierto abogado muy acreditado y que mandaron a ese abogado a la prisión estatal de Shawshank. Luego soltó una risotada. Dios santo, en mi vida me alegré tanto como cuando me entregaron los papeles para salir de allí.

Supongo que comprenderás ahora por qué se emocionó tanto Andy cuando Tommy le contó esta historia y por qué quiso ver en seguida al jefe. Elwood Blatch estaba cumpliendo una pena de seis a nueve años cuando Tommy le había conocido cuatro años atrás. Pero cuando Tommy le contó todo esto a Andy, en 1963, estaría a punto de salir... o quizás hubiera salido ya. Así que ésas eran las dos puntas del espetón en que se asaba Andy: la idea de que Blatch siguiera aún en la cárcel por un lado, y la posibilidad, muy real, de que hubiera volado como el viento, por otro.

La historia de Tommy tenía algunas lagunas, pero ¿acaso no hay también fallos en la vida real? Blatch le dijo a Tommy que el tipo que había ido a chirona era un brillante abogado y Andy era banquero, pero son éstas dos profesiones que la gente sin mucha cultura confunde fácilmente. Y no hay que olvidar que habían pasado doce años entre que Blatch leyó los recortes sobre el juicio hasta que le contó la historia de Tom Williams. También le contó a Tommy que había cogido más de mil dólares de un baulito que Quentin tenía en su casa, pero en el juicio de Andy la policía dijo que no había indicios de robo. Yo tengo algunas ideas al respecto. Primero: si coges el dinero y el tipo al que pertenecía ese dinero está muerto, ¿cómo puede saberse que se robó algo a no ser que alguna otra persona pueda decir, en primer lugar, que existía lo robado? Segundo: ¿quién podría decir que Blatch no mintió concretamente en lo del dinero? Tal vez no quisiera admitir que había matado a dos personas por nada. Tercero: tal vez hubiera indicios de robo y la policía los pasara por alto (los polis pueden ser muy tontos) o que los ocultaran deliberadamente para no estropearle el caso al fiscal del distrito. El tipo iba a presentarse a las elecciones para un cargo público, como recordarás, y necesitaba una buena condena que le diese prestigio. Un caso sin resolver de homicidio y de robo con allanamiento no le habría beneficiado gran cosa, desde luego.

Pero, de las tres posibilidades, me quedo con la segunda. He conocido a algunos Elwood Blatch en el tiempo que llevo en Shawshank, salvajes impulsivos con ojos de loco. A estos tipos les gusta hacerte creer que consiguieron algo equivalente al Hope Diamond en cada golpe, aunque no lograran llevarse más que un Timex de dos dólares y nueve pavos en el único que dieron y por el que están cumpliendo condena.

Y había algo en la historia de Tommy que hizo que Andy se convenciese del todo. Blatch no había elegido a Quentin por casualidad. Había dicho que era un «tipejo rico» y estaba enterado de que era entrenador de golf. Y Andy y su esposa habían estado yendo a aquel club de campo a tomar una copa y a cenar una o dos veces por semana durante un par de años y Andy había consumido bastante alcohol allí desde que descubrió lo de su mujer con Quentin. Había también en el mismo club una dársena para embarcaciones pequeñas en la que estuvo trabajando a horas una temporada un individuo que encajaba perfectamente con la descripción que había hecho Tommy de Elwood Blatch. Un hombre alto y corpulento, casi calvo del todo, ojos verdes muy hundidos en las cuencas. Un individuo que te miraba de una forma desagradable como si te estuviera catalogando. No había estado mucho tiempo, según Andy. O se largó por su cuenta o le despediría Briggs, el encargado de la dársena. Pero no era un tipo al que olvidaras fácilmente. Llamaba demasiado la atención.

Aquel día que Andy fue a ver a Norton cruzaban el cielo sobre los muros grises de la cárcel grandes nubarrones grises. Hacía viento y llovía. La última nieve empezaría a derretirse aquel día dejando en los campos, fuera de la prisión, yertas manchas de yerba del año anterior.

El director tenía un despacho bastante amplio en el ala de Dirección, y ese despacho tenía detrás del escritorio una puerta que daba directamente al despacho del ayudante del director. El ayudante había salido aquel día, pero estaba allí un preso, un tipo medio cojo cuyo verdadero nombre se me ha olvidado ya; todos los internos, incluido yo, le llamábamos Chester, por el ayudante del Marshall Dillon. Chester estaba allí, en teoría, para regar las plantas y encerar el suelo. Yo creo que las plantas pasaron bastante sed aquel día, y que la única cera que se aplicó fue la de la oreja sucia de Chester contra la placa de la cerradura de la puerta que comunicaba ambos despachos.

Chester oyó abrirse y cerrarse la puerta principal del despacho de Norton y luego oyó decir a éste:

—Buenos días, Dufresne, ¿en qué puedo servirte?

—Director —empezó a decir Andy, y el bueno de Chester nos contó que casi no reconocía la voz de Andy—. Director... hay algo... me ha ocurrido algo que... que... en fin... casi no sé por dónde empezar.

—Bueno, ¿por qué no empiezas por el principio? —dijo el director, seguramente con su voz más dulce, la de «Volvamos al salmo veintitrés y leámoslo juntos»—. Suele ser lo mejor.

Así que eso fue lo que hizo Andy. Empezó recordándole a Norton los datos del crimen por el que le habían condenado y encarcelado. Y luego le contó exactamente lo que Tommy Williams le había contado a él. Le dijo también el nombre de Tommy, lo cual, la verdad, no fue un detalle inteligente, tal como demostraron los acontecimientos posteriores, aunque, bien pensado, ¿qué otra cosa podría haber hecho para que toda la historia resultara verosímil?

Cuando terminó, Norton se quedó un buen rato en silencio. Me lo imagino muy bien, inclinado hacia atrás en su sillón bajo la foto del gobernador Reed de la pared, los dedos como agujas, los labios lívidos fruncidos, la frente arrugada formando peldaños hasta medio camino de la coronilla, el distintivo de su fe emitiendo un suave destello.

—Sí —dijo, al fin—, es la historia más increíble que he oído. Pero te diré lo que más me sorprende de ella, Dufresne.

—¿Qué, señor?

—Que te la hayas tragado.

—¿Cómo, señor? No entiendo qué quiere decir.

Y Chester nos contó que Andy Dufresne, que había plantado cara a Byron Hadley en el terrado del taller de placas de matrícula trece años antes, casi no supo qué decir.

—Bueno, bueno —dijo Norton—. Está clarísimo que has impresionado al joven Williams. En realidad creo que está prendado de ti. Oyó tu desdichada historia y es... muy natural que quiera, bueno, digamos animarte. Muy lógico. Es joven, no muy inteligente... Nada tiene de extraño que no comprendiera lo mucho que podría afectarte esto. En fin, lo que sugiero yo es...

—¿No comprende que ya me he planteado eso también? —dijo Andy—. Pero yo nunca le hablé a Tommy del tipo que trabajaba en la dársena del club, nunca le conté eso a nadie... en realidad, ¡ni siquiera se me pasó por la cabeza! Pero la descripción que hizo Tommy de su compañero de celda es exactamente la de aquel tipo.

—Bueno, bueno, creo que incurres en una leve percepción selectiva en este caso —dijo Norton con una sonrisilla.

Frases como ésa son las que les obligan a aprender a los que se dedican a la penología y a la rehabilitación y las utilizan siempre que pueden.

—No es eso en absoluto, señor.

—Ése es tu parecer —dijo Norton—, pero no el mío. Y permíteme recordarte que sólo tengo tu testimonio de que semejante individuo estuviese trabajando en el club de campo de Falmouth Hills por entonces.

—No, señor —intervino de nuevo Andy—. Eso no es cierto. Porque...

—Es igual, es igual —le cortó Norton, alzando la voz—. Mirémoslo desde el otro extremo del telescopio, ¿quieres? Supongamos... supongamos sólo, eh... que realmente había un individuo llamado Elwood Blotch.

—Blatch —dijo Andy secamente.

—Blatch, sí, claro. Y digamos que fue compañero de celda de Thomas Williams en Rhode Island. Es casi seguro que a estas alturas ya esté en libertad. Casi seguro. Y ni siquiera sabemos el tiempo de condena que había cumplido ya antes de acabar en la misma celda que Williams, ¿no? Sólo sabemos que tenía que cumplir una condena de seis a doce años.

—No, no sabemos el tiempo de condena que había cumplido ya. Pero según Tommy era un mal actor, un fanfarrón. Creo que es posible que esté aún allí. Y, aun en el caso de que hubiese salido, en la prisión habrá constancia de su última dirección conocida, de los nombres de sus parientes...

—Y casi con toda seguridad ambas pistas nos llevarían a callejones sin salida.

Andy guardó silencio un momento. Luego explotó:

—Bueno, es una posibilidad, ¿no?

—Sí, claro que lo es. Ahora supongamos, sólo por un momento, Dufresne, que Blatch existe y que sigue aún sano y salvo en la penitenciaría de Rhode Island. ¿Qué crees que diría si nos presentáramos ante él con esa papeleta? ¿Crees que caería de rodillas, alzaría los ojos y nos diría: «¡Sí, sí, lo hice yo! ¡Fui yo! ¡Añadan una cadena perpetua a mi condena!»?

—Pero ¿cómo puede ser usted tan obtuso? —dijo Andy, en voz tan baja que Chester casi no le oyó.

Pero oyó con toda claridad al director:

—¿Cómo? ¿Qué es lo que me ha llamado?

—¡*Obtuso!* —gritó Andy—. ¿O es premeditado?

—Dufresne, me has robado ya seis minutos... no, siete... de mi tiempo, y hoy tengo precisamente muchísimas cosas que hacer. Así que creo que daremos por concluida esta breve entrevista y...

—El club de campo tendrá todas las antiguas fichas de horarios, ¿es que no se da cuenta? —gritó Andy—. Tendrán archivados los certificados de los impuestos, los de indemnización por paro... todos, y figurará su nombre en todos. Y tiene que haber allí todavía empleados que estuvieran entonces, quizás aún esté el propio Briggs. Han pasado quince años, no una eternidad. ¡Le recordarán! *¡Recordarán a Blatch!* Si contamos con Tommy para declarar lo que le contó Blatch y con Briggs para declarar que Blatch estaba entonces allí, trabajando *realmente* en el club de campo, ¡conseguiré un nuevo juicio! Puedo...

—¡Guardia! *¡Guardia!* ¡Llévese de aquí a este hombre!

—Pero ¿*qué* es lo que le pasa? —dijo Andy, según me contó Chester, ya casi gritando—. ¡Es mi vida, mi oportunidad de salir de aquí! ¿Es que no lo entiende? ¿Y ni siquiera llamará usted por teléfono para verificar al menos el testimonio de Tommy? ¡Escuche, le pagaré la conferencia! ¡Le pagaré la...!

Se oyó entonces ruido de golpes al tiempo que los guardias le agarraban y empezaban a sacarle a rastras.

—Incomunicado —dijo Norton fríamente. Seguro que estaba acariciando la insignia religiosa mientras hablaba—. A pan y agua.

Así que se llevaron del despacho a Andy, que había perdido ya el control por completo, y seguía gritando al director; Chester dijo que cuando se cerró la puerta aún podía oírsele gritar:

—*¡Es mi vida! ¡Es mi vida! ¿Es que no lo comprende? ¡Es mi vida!*

Veinte días incomunicado a pan y agua allá abajo tuvo que pasar Andy. Sólo había estado otra vez incomunicado, y su discusión con Norton era su primer tropezón auténtico desde su ingreso en nuestra feliz familia. Explicaré un poco cómo es el sistema de confinamiento solitario de Shawshank, ya que ha salido a colación. Es como un retroceso a los duros tiempos de los pioneros de mediados de 1700 en Maine. En aquellos tiempos nadie perdía el tiempo con cosas como «penología», «rehabilitación» y «percepción selectiva». Entonces se juzgaban las cosas en términos tajantes de blanco o negro. Si eras culpable te colgaban o te encerraban. Y si te condenaban a estar encerrado no te mandaban a ninguna institución. No; tenías que cavarte tú mismo la propia celda con una pala que te proporcionaban. La cavabas todo lo ancha y lo profunda que podías; te daban de plazo desde el amanecer al crepúsculo. Luego te daban un par de pieles y un cubo y tenías que meterte allí. Una vez abajo, el carcelero te cerraba el agujero, te echaba algo de grano o tal vez un pedazo de carne agusanada una o dos veces por semana y puede que un cacillo de sopa de cebada el domingo por la noche. Meabas en el cubo y alzabas este mismo cubo para pedir agua cuando llegaba el carcelero a las seis de la mañana. Y, si llovía, utilizabas el mismo cubo para achicar la celda-cárcel... a no ser, claro, que quisieras ahogarte como una rata en un barril de esos que se dejan para recoger agua de lluvia.

Nadie duraba mucho en «el agujero», que era como le llamaban; treinta meses era un período extraordinariamente largo y, que yo sepa, el más largo que sobrevivió realmente un preso fue el que soportó el llamado Chico de Durham, un psicópata de catorce años que castró a un compañero de escuela con un trozo de metal oxidado. Aguantó siete años; pero hay que tener en cuenta que era joven y fuerte cuando le metieron en el agujero.

Hay que pensar que te colgaban ya por cualquier delito que pudiese considerarse más grave que un hurto insignificante o una blasfemia, u olvidar meterte el moquero en el bolso al salir a la calle el sábado. Por delitos menores como los mencionados y otros más o menos parecidos tenías que pasarte de tres a seis o nueve meses en el agujero, de donde salías blanco como la tiza, con terror a los espacios muy amplios, medio ciego, con los dientes moviéndose y saltando en los alvéolos, muy probablemente a causa del escorbuto, y los pies hormigueantes de hongos. La vieja y encantadora provincia –después Estado– de Maine. Jo-jo-jo, suene la canción y corra la botella de ron, sí.

El ala de Incomunicados de Shawshank no llegaba a ser tan terrible como eso... imagino. Creo que en la experiencia humana se presentan las cosas en tres grados: bueno, malo y espantoso. Y, a medida que avanzas hacia lo espantoso en una progresiva oscuridad, resulta más y más difícil hacer subdivisiones.

Para llegar al ala de confinamiento solitario tenías que bajar veintitrés peldaños hasta un sótano donde sólo se oía el goteo del agua. Estaba iluminado exclusivamente por una serie de bombillas colgantes de sesenta vatios. Las celdas tenían la misma forma que esas cajas fuertes que tienen a veces los ricos detrás de un cuadro. Y los vanos curvados eran sólidos y con goznes en lugar de enrejados, igual que una caja fuerte. La ventilación llegaba de arriba, y no había más luz que la bombilla de sesenta vatios que se apagaba puntualmente a las ocho, una hora antes que en las otras zonas de la prisión, desde un interruptor principal. La bombilla no estaba metida en una jaula de tela metálica ni nada parecido. Daba la impresión de que, si querías vivir allá abajo, la oscuridad estaba a tu disposición. No lo hicieron muchos... aunque después de las ocho, claro, no tenías alternativa. Había un catre pegado a la pared y un retrete sin tapa. Tenías tres modos de pasar el rato: sentado, cagando o durmiendo. Fabuloso. Veinte días podían llegar a parecerte un año. A veces oías ratas por los conductos de ventilación. En semejante situación, no caben subdivisiones de lo espantoso.

Si pudiera decirse algo positivo del confinamiento en solitario, sería que te permite tener tiempo para pensar. Andy dispuso de veinte días para pensar mientras disfrutaba de su dieta especial, y cuando volvió arriba solicitó otra entrevista con Norton. Petición denegada. Semejante entrevista, le comunicó el director, sería «contraproducente». Ése es otro de los términos que debes dominar para poder trabajar en el área de los centros penitenciarios.

Andy renovó pacientemente su petición. Y volvió a renovarla. Había cambiado; sí, Andy Dufresne había cambiado. De pronto, cuando brotó en torno nuestro aquella primavera de 1963, había arrugas en su rostro y canas en sus cabellos. Había perdido aquel vestigio leve de sonrisa que parecía remolonear siempre en torno a su boca. Se quedaba más a menudo con la mirada perdida en el vacío, y en la cárcel acabas aprendiendo que cuando un individuo se queda así es que está calculando los años que lleva encerrado, y los meses, las semanas y los días.

Volvió una y otra vez a renovar su petición. Era paciente. Tiempo era lo único que tenía. Era verano ya. En Washington, el presidente Kennedy prometía luchar de nuevo contra la pobreza y en pro de la igualdad de derechos civiles, sin saber que sólo le quedaba medio año de vida. En Liverpool, un grupo musical llamado Beatles surgía como una fuerza a tener en cuenta dentro de la música británica, aunque no creo que por aquí se hubiera oído hablar aún de ellos. Los Red Sox de Boston, aún a cuatro años de lo que en Nueva Inglaterra llaman el Milagro del 67, languidecían en la cola de la Liga Americana de béisbol. Pero todo eso ocurría en un mundo más amplio, en el que la gente caminaba libremente.

Norton recibió a Andy casi a finales de junio. El propio Andy me contó, unos siete años después, la conversación que tuvieron.

—Si es porque tiene miedo a que hable del dinero no debe preocuparse usted —le dijo Andy en voz baja—. ¿Cree que iba a contarlo? Si lo hiciera me condenaría yo mismo. Soy tan culpable como...

—Basta ya —le cortó Norton, con una cara tan larga y fría como una lápida sepulcral. Se retrepó en el sillón hasta tocar casi con la nuca aquel pañito que decía: EL JUICIO LLEGARÁ Y SIN TARDANZA.

—Pero...

—No vuelvas a mencionarme el dinero jamás —dijo Norton—. Ni en esta oficina, ni en ningún sitio. No vuelvas a hacerlo, a menos que quieras ver esa biblioteca convertida otra vez en trastero y almacén de pinturas. ¿Está claro?

—Yo sólo intentaba tranquilizarle, nada más.

—Óyeme bien, cuando llegue a necesitar que me tranquilice un desgraciado hijoputa como tú, me retiraré. Te concedí esta entrevista porque ya estoy harto de que me fastidies, Dufresne. Quiero que esto termine. Si quieres tragarte ese cuento, allá tú. Pero conmigo no cuentes. Si no adoptase una actitud firme, tendría que oír historias disparatadas como la tuya dos veces por semana. Todos los pecadores de este lugar me utilizarían como paño de lágrimas. Te tenía en más. Pero éste es el fin. Se acabó. ¿Está claro?

—Sí —dijo Andy—. Pero contrataré a un abogado.

—¡Santo Dios! ¿Para qué?

—Creo que podremos aclararlo todo —dijo Andy—. Con el testimonio de Tommy Williams y con el mío, y con el testimonio confirmatorio de los empleados y los archivos del club de campo, creo que podremos aclararlo todo.

—Tommy Williams ya no está en este centro.

—*¿Qué?*

—Ha sido trasladado.

—¿Trasladado, *adónde*?

—Cashman.

Ante esto no dijo nada más Andy. Era un hombre inteligente; aunque habría tenido que ser tonto del todo para no olerse el «amaño» que había en todo aquel asunto. Cashman era un centro penitenciario de seguridad mínima, que quedaba muy al norte, en el condado de Aroostook. Los presos recogen allí gran cantidad de patatas; es un trabajo duro, pero reciben un salario decente por él y pueden asistir a clase, si quieren, en el Instituto Técnico de Cashman, un centro de enseñanza bastante decente. Y lo que era aún más importante para un individuo casado y con un hijo, como Tommy: Cashman tenía un programa de permisos... lo cual significaba la oportunidad de vivir como un hombre normal los fines de semana por lo menos. La oportunidad de jugar con su hijo, tener relaciones sexuales con su esposa, tal vez hacer alguna excursión...

Era casi seguro que Norton le había puesto todo aquello a Tommy al alcance de la mano, con una sola condición: ni una palabra más sobre Elwood Blatch, ni entonces ni nunca. O de lo contrario acabarás pasándolo mal de veras en Thomaston, allá por la pintoresca Ruta 1, con tipos duros de verdad, y en lugar de tener relaciones sexuales con tu esposa acabarás teniéndolas con algún viejo maricón.

—Pero, ¿por qué? —preguntó Andy—. ¿Por qué tenía...?

—Para hacerle un favor —dijo Norton con sosiego—. Llamé a Rhode Island. Tuvieron un preso llamado Elwood Blatch. Le concedieron lo que ellos llaman LP, libertad provisional, uno de esos absurdos programas liberales que permiten a los delincuentes andar libremente por las calles. No han vuelto a verle.

Andy dijo:

—El director de allí... ¿es amigo suyo?

Sam Norton dedicó a Andy una sonrisa tan fría como la cadena del reloj de un diácono.

—Bueno, somos conocidos —dijo.

—*¿Por qué?* —repitió Andy—. ¿No puede decirme por qué lo hizo? Sabe perfectamente que no contaré nada de... nada de nada de lo que pueda haber hecho usted. Lo sabe muy bien. Entonces, *¿por qué?*

—Porque las personas como tú me ponen malo —dijo Norton con mucha parsimonia—. Te quiero exactamente donde estás, Dufresne. Y mientras yo sea el director de esta penitenciaría, mientras yo esté en Shawshank, será ahí exactamente donde estarás. Pareces creerte mejor que los demás, ¿sabes? Es algo que percibo en seguida en la cara de un hombre. Y lo vi en tu cara la primera vez que entré en la biblioteca. Se veía con tanta claridad como si lo llevaras escrito en la frente con letras mayúsculas. Esa expresión ha desaparecido ahora y está muy bien. No es sólo que seas un instrumento útil, no creas. Es simplemente que los hombres como tú necesitan aprender a ser humildes. En fin, te paseabas por el patio como si estuvieras en un salón en una de esas fiestas en que los invitados se dedican a codiciar a las mujeres y a los maridos ajenos y a emborracharse como puercos. Pero ahora ya no caminas con esos aires. Y te estaré vigilando para ver si vuelves a las andadas. Te estaré vigilando con gran satisfacción durante muchos años. Y, ahora, ¡lárgate de una vez!

—Muy bien. Pero a partir de este momento cesarán todas las actividades especiales, Norton. El asesoramiento de inversiones, el asesoramiento fiscal, los fraudes. Se acabó todo eso. Búsquese otro que le diga cómo debe declarar sus ingresos.

Norton se puso primero rojo como un tomate... y luego se quedó completamente pálido.

—Volverás a estar incomunicado por eso. Treinta días. A pan y agua. Y tendrás otra mancha en la ficha. Y mientras sigas aquí, piensa en esto: si *algo* de lo que se ha estado haciendo aquí tuviera que dejarse de hacer, desaparecería también la biblioteca. Y me ocuparé personalmente de que vuelva a ser lo que era antes de que tú llegaras aquí. Y te haré la vida... muy difícil. Realmente difícil. Lo pasarás todo lo mal que sea posible. En primer lugar, te quedarás sin tu preciosa *suite* individual del bloque 5 y sin las piedras que tienes en la ventana, y los carceleros te retirarán todo el apoyo que te hayan prestado para protegerte de los sodomitas. Lo perderás... todo. ¿Está claro?

Creo que sí, que estaba muy claro.

Siguió pasando el tiempo... el truco más viejo del mundo y tal vez el único mágico de veras. Pero Andy Dufresne había cambiado. Se había endurecido. No veo otra forma de explicarlo. Siguió haciendo el trabajo sucio del director Norton y conservó la biblioteca, así que en apariencia las cosas seguían exactamente igual. Siguió tomando sus copas el día de su cumpleaños y las copas de la noche de año viejo; y siguió repartiendo el resto de ambas botellas. Yo le proporcionaba paños nuevos para pulir piedras de vez en cuando, y en 1967 le conseguí un martillete nuevo para trabajar la piedra; el que le había proporcionado diecinueve años antes, lo recordarás, estaba completamente gastado. ¡Diecinueve años! Dicho así, esas dos palabras suenan como el golpe y doble cierre de la puerta de un sepulcro. El martillete, un artículo de diez dólares cuando le procuré el primero, costaba veintidós en 1967. Ambos sonreímos con tristeza al constatar el hecho.

Andy seguía modelando y puliendo las piedras que encontraba en el patio, aunque por entonces el patio era ya pequeño; la mitad de la extensión que tenía en 1950 se asfaltó hacia 1962. De todas formas, creo que aún encontraba piedras suficientes para estar ocupado. Cuando terminaba con una piedra, la colocaba con cuidado en el saliente de la ventana de su celda, que daba al este. Me explicó que le gustaba mirarlas cuando les daba el sol, aquellos fragmentos de planeta que había recogido del suelo y a los que había dado forma. Esquisto, cuarzo, granito. Graciosas esculturitas de mica pegadas con cola. Ciertos conglomerados sedimentarios los pulimentó y cortó de forma tal que comprendías por qué les llamaba «bocadillos milenarios»: por las capas de materiales diversos que se habían ido acumulando durante décadas y siglos.

Andy solía regalar sus piedras y sus esculturas de piedra de vez en cuando para dejar sitio a las nuevas. Creo que fue a mí a quien más regaló; contando las piedras que parecían dos gemelos a juego, tenía cinco. Había una de las esculturas de mica de que he hablado, hábilmente trabajada, que parecía un hombre lanzando la jabalina y dos de los conglomerados sedimentarios en que se advertían todas las capas en un corte transversal muy bien pulimentado. Todavía las conservo y suelo bajarlas todas y pienso, mirándolas, en cuánto puede hacer un hombre si tiene tiempo suficiente y voluntad de usarlo, poquito a poco.

Así pues, al menos aparentemente, las cosas siguieron más o menos igual. Si Norton hubiera querido domesticar a Andy tal como había dicho, habría tenido que atisbar bajo la superficie para advertir el cambio. Pero si hubiera visto lo diferente que era Andy, creo que Norton se habría sentido muy satisfecho los cuatro años que siguieron a su enfrentamiento con él.

Le había dicho que se paseaba por el patio como si estuviera en una fiesta. Yo no lo habría expresado así, pero entiendo lo que quería decir. Tiene relación con lo que dije de que Andy llevaba su libertad como un abrigo invisible y con lo que dije de que nunca llegó a tener en realidad una mentalidad carcelaria. Nunca llegó a tener esa mirada obtusa. Nunca llegó a caminar como caminan los hombres cuando termina la jornada y han de volver a sus celdas para otra noche interminable... encorvados, aturdidos. Andy caminaba erguido y con paso vivo siempre, como quien se dirige a casa, donde le aguardan una buena cena hogareña y una buena mujer, y no la bazofia insípida de verduras pastosas, puré de patatas grumoso y una o dos tajadas de ese material cartilaginoso y grasiento que casi todos los presos llaman «carne de enigma»... eso y una foto de Raquel Welch en la pared.

Pero, aunque Andy nunca llegó a ser en realidad *exactamente* como los demás, durante aquellos cuatro años se volvió más callado, más introspectivo y caviloso. ¿Y quién podría reprochárselo? Quizás el director Norton, quien, por el momento al menos, estaba satisfecho.

Ese humor sombrío se aplacó cuando las Series Mundiales de Béisbol de 1967, más o menos. Aquél fue el año del gran sueño, el año que los Red Sox ganaron el trofeo en vez de quedar los novenos como habían predicho los corredores de apuestas de Las Vegas. Cuando ocurrió esto (cuando ganaron el banderín de la Liga Americana) invadió la prisión toda una especie de exaltación generalizada. Fue algo así como la creencia estúpida de que, si podían resucitar los Sox, tal vez pudiera hacerlo *cualquiera*. No puedo explicar ahora esa sensación, como supongo que tal vez tampoco podría un ex beatlemaníaco explicar su locura. Pero era algo real. Todos los transistores de la cárcel estaban conectados cuando los Red Sox enfilaban la recta final. Hubo desaliento cuando los Sox perdían por dos tantos en Cleveland cerca del final y una alegría casi tumultuosa cuando Rico Petrocelli consiguió remontar el resultado en una jugada emocionante. Y luego también el abatimiento de cuando Longborg fue batido en el séptimo partido de las Series poniéndose fin así al sueño cuando estaba ya a punto de hacerse realidad. A Norton debió de complacerle mucho esto, el muy hijo de perra. Le gustaba que su prisión se vistiera de saco y de ceniza.

Pero para Andy no hubo retorno a la tristeza. No era muy aficionado al béisbol, de todas formas, y tal vez ése fuera el motivo. No obstante, pareció haberse contagiado de la corriente de animación general, que, en lo que a él respecta, no concluyó con el último partido de las Series. Había vuelto a sacar del armario aquel abrigo invisible y de nuevo lo llevaba puesto.

Recuerdo un día claro de otoño, muy soleado, de finales de octubre, unas dos semanas después de que hubieran terminado las Series Mundiales. Creo que debía de ser domingo, porque el patio de ejercicios estaba lleno de hombres «que dejaban atrás la semana» (lanzando un disco *frisbee* o dos, pasando un balón, trapicheando lo que tuvieran que trapichear). Otros estaban en la gran mesa de la sala de visitas, charlando con sus parientes, fumando cigarrillos, contando mentiras sinceras, cogiendo los paquetes que les llevaban y hurgando para ver qué era, todo bajo la atenta mirada de los guardias.

Andy estaba sentado al estilo indio contra la pared con dos piedrecitas en las manos y la cara alzada hacia el sol. Era sorprendentemente cálido el sol para aquellas alturas del año.

—Eh, Red —me llamó—. Ven y siéntate un rato.

Lo hice.

—¿Te gusta? —preguntó, pasándome uno de los dos «bocadillos milenarios» de que os hablé, meticulosamente pulidos.

—Desde luego —dije—. Es precioso. Gracias.

Se encogió de hombros y cambió de tema.

—Un cumpleaños importante para ti el del año que viene, ¿eh?

Asentí. Cumpliría treinta años de prisión al año siguiente. Y había pasado el sesenta por ciento de mi vida en la prisión estatal de Shawshank.

—¿Crees que saldrás alguna vez?

—Seguro. Cuando tenga una larga barba blanca y apenas me quede materia gris en la azotea.

Sonrió levemente y volvió a alzar de nuevo la cara hacia el sol con los ojos cerrados.

—Es agradable.

—Creo que siempre lo es cuando el maldito invierno está ya a punto de echársenos encima.

Asintió. Guardamos silencio un rato.

—Cuando salga de aquí —dijo Andy al fin—, iré a donde siempre haga calor. —Hablaba con tanta seguridad y calma que cualquiera hubiera creído que sólo le quedaba un mes o así para salir de Shawshank—. ¿Sabes adónde iré, Red?

—Ni idea.

—Zihuatanejo —lo dijo pronunciando la palabra con una lentitud musical—. Allá abajo, en México. Es un pequeño lugar que queda a unos treinta kilómetros de Playa Azul. Unos ciento sesenta kilómetros al noroeste de Acapulco, en la costa del Pacífico. ¿Sabes lo que dicen los mexicanos del Pacífico?

Le dije que no lo sabía.

—Dicen que no tiene memoria. Y precisamente por eso, Red, quiero acabar allí mis días. En un lugar cálido y sin memoria.

Mientras hablaba, había cogido del suelo un puñado de piedrecitas, y las fue tirando una a una, contemplándolas mientras rebotaban y rodaban por el cuadrado del campo de béisbol, que pronto estaría cubierto de una fina capa de nieve.

—Zihuatanejo. Tendré allí un hotelito. Seis cabañas a lo largo de la playa y otras seis más al interior, para los clientes de la autopista. Y tendré un empleado que acompañará a mis huéspedes a pescar. Y habrá un trofeo para el que pesque el merlín más grande de la temporada y colgaré su fotografía en el vestíbulo. No será un lugar para familias. Será un lugar para pasar la luna de miel en sus dos versiones, la primera y la segunda.

—¿Y de dónde piensas sacar el dinero para comprar ese fabuloso negocio? —le pregunté—. ¿De tu cuenta de valores?

Me miró y sonrió.

—No vas muy descarriado, no —dijo—. A veces me sorprendes, Red.

—¿A qué te refieres?

—Cuando llega la hora de la verdad, en realidad sólo existen dos tipos de hombres en el mundo —dijo Andy, protegiendo una cerilla con ambas manos ahuecadas y encendiendo un cigarrillo—. Supongamos, Red, que hubiera una casa llena de pinturas y esculturas extrañas y de bellos objetos antiguos. Y supongamos que el propietario de la casa se enterara de que un huracán espantoso avanzaba precisamente en aquella dirección. Uno de los dos tipos de hombres a que me refiero, sencillamente espera que suceda lo mejor. El huracán puede cambiar de curso, se dice a sí mismo. Ningún huracán bien pensante se atrevería jamás a destruir todos esos Rembrandt, mis dos caballos de Degas, mis Grant Wood y mis Benton. Además, Dios no lo permitiría. Y si de todos modos ocurriera lo peor, están asegurados. Ése es un tipo de hombre. El otro sencillamente supone que el huracán arrasará la casa sin más. Si el centro meteorológico anuncia que el huracán ha cambiado de curso, este individuo cree que volverá a cambiar para arrasar su casa. Este segundo tipo de individuo sabe que no existe mal alguno en esperar lo mejor, siempre que estés preparado para lo peor.

Yo también encendí un cigarrillo.

—¿Me estás diciendo que estás preparado para la eventualidad?

—Sí. Estoy preparado para el *huracán*. Comprendí lo mal que estaba la cosa. No tuve mucho tiempo, pero en el poco que tuve actué. Tenía un amigo, prácticamente la única persona que me ayudó, que trabajaba para una empresa de inversiones de Portland. Murió hace seis años.

—Lo siento.

—Sí. —Andy tiró la colilla—. Linda y yo teníamos unos catorce mil dólares. No es que fuera mucho, claro, pero, diablos, éramos jóvenes. Teníamos toda la vida por delante. —Hizo unas muecas y luego se echó a reír—. Cuando la cosa empezó a ponerse fea empecé a retirar los Rembrandt de la trayectoria del huracán. Vendí mis valores y pagué los impuestos de los beneficios del capital como un buen chico. Lo declaré todo, nada de apaños.

—¿No te congelaron los bienes?

—Estaba acusado de asesinato, Red, no muerto. Gracias a Dios, no pueden congelarse los bienes de un hombre inocente. Y mi amigo Jim y yo dispusimos de un poco de tiempo antes de que tuvieran el valor de acusarme a mí del crimen. No salió tan mal como podía haber salido. Me despellejé la nariz. Pero en aquel momento tenía cosas más graves de las que preocuparme que de una leve desolladura en el mercado de valores.

—Ya imagino.

—Pero cuando ingresé en Shawshank estaba a salvo. Y sigue estándolo. Fuera de estos muros, Red, hay un hombre al que ningún ser vivo ha visto jamás cara a cara. Tiene una tarjeta de la seguridad social y un permiso de conducir de Maine. Y tiene un certificado de nacimiento. Se llama Peter Stevens. Bonito nombre, ¿eh?, perfectamente anónimo.

—¿Y quién es? —le pregunté. Creía saber ya la respuesta, pero no podía creerlo.

—Yo.

—No irás a decirme ahora que tuviste tiempo de planearlo todo y conseguir una identidad falsa mientras los maricas te estuvieron torturando —dije—. O que terminaste el trabajo durante el juicio...

—No, no te voy a decir nada de eso. Mi amigo Jim fue quien se ocupó de arreglar todo lo de la falsa identidad. Empezó a hacerlo cuando se denegó mi apelación y los principales documentos de identidad estaban en su poder hacia la primavera de 1950.

—Debía de ser un excelente amigo —dije. No estaba muy seguro de que creyera un poco, mucho o nada de todo lo que me estaba contando. Pero hacía calor y hacía sol, y la historia era condenadamente buena—. Todo eso es ilegal al ciento por ciento, todos los documentos de la falsa identidad.

—Era un gran amigo —dijo Andy—. Estuvimos juntos en la guerra; Francia, Alemania, la ocupación. Era un excelente amigo. Sabía que todo el asunto era ilegal, pero también sabía que conseguir una identidad falsa en este país es algo seguro y fácil. Tomó mi dinero, mi dinero con los comprobantes de haber pagado todos los impuestos para que Hacienda no se dedicara a husmear, y lo invirtió a nombre de Peter Stevens. Lo hizo en 1950 y en 1951. Hoy asciende a la respetable suma de más de trescientos setenta mil dólares.

Supongo que la barbilla debió de resonar al golpearme contra el pecho, porque Andy sonrió.

—Piensa en todo aquello en lo que a la gente le hubiera gustado haber invertido desde 1950 o así, y en dos o tres nombres de la lista serán cosas en las que Peter Stevens estuvo metido. Si no me hubiera parado allí, a estas alturas seguramente tendría unos siete u ocho millones. Tendría un Rolls... y a buen seguro que una úlcera tan grande como una radio portátil.

Estiró las manos hasta el suelo y empezó a cerner chinas. Se movían sin parar, con gracia.

—Era esperar lo mejor, pero sin descartar la posibilidad de lo peor... sólo eso. La identidad falsa sólo era para conservar intacto el pequeño capital que tenía. Simple precaución: retirar los cuadros del camino del huracán. Pero yo no tenía idea de que el huracán... pudiera durar tanto como ha durado.

Guardé silencio un rato. Supongo que estaba intentando asimilar la idea de que aquel hombre pequeño y mesurado que encanecía a mi lado en la cárcel podría poseer más dinero del que Norton podría hacer en el resto de su miserable vida con fraudes y todo.

—Seguro que no bromeabas cuando dijiste que podías conseguir un abogado —dije al fin—. Con esa guita podrías haber contratado a Clarence Darrow o a cualquier otro que pueda equipararse con él en estos días. ¿Por qué no lo hiciste, Andy? ¡Cristo! Habrías salido de aquí como un cohete.

Sonrió. Era la misma sonrisa que había asomado a su cara al decirme que él y su mujer tenían toda la vida por delante.

—No —dijo.

—Un buen abogado habría sacado a Williams de Cashman tanto si quería él como si no —dije. Estaba empezando a entusiasmarme ahora—. Y habrías conseguido un nuevo juicio, contratando detectives privados para que buscaran a ese Blatch y para fastidiar a Norton de paso. ¿Por qué no, Andy?

—Porque me pasé de listo. Si intentara ponerle las manos encima al dinero de Peter Stevens desde aquí dentro, perdería hasta el último céntimo. Mi amigo Jim lo habría arreglado, pero Jim ha muerto. ¿Comprendes ahora?

Lo comprendí. Era como si perteneciera a otra persona, y no podía beneficiar a Andy. Y, realmente, pertenecía a otra persona. Si de repente el negocio en el que estaba invertido resultaba mal, todo lo que Andy podría hacer sería vigilar la especulación, seguirla día a día en las páginas financieras del *Press-Herald*. Es una vida muy penosa si no te rindes.

—Voy a contártelo, Red. Hay un gran henar en la ciudad de Buxton. Sabes dónde queda Buxton, ¿no?

Le dije que efectivamente, sabía dónde estaba.

—Queda pegado a Scarborough.

—Perfecto. Y en el extremo norte de ese henar concreto hay un muro de piedra, igual que en un poema de Robert Frost. Y en un sitio determinado de la base de ese muro hay una piedra que no pinta absolutamente nada en un henar de Maine. Es un trozo de obsidiana y fue pisapapeles en mi despacho hasta 1947. Mi amigo Jim la colocó allí. Debajo de ella hay una llave. La llave abre la caja de seguridad de la sucursal del Banco Casco en Portland.

—Supongo que la muerte de tu amigo Jim habrá significado un montón de problemas —dije—. Los de Hacienda habrán abierto todas sus cajas de seguridad. Junto con su albacea, desde luego.

Andy sonrió y me dio una palmadita en la cabeza.

—No está mal. Veo que usas los sesos. Pero ya tuvimos en cuenta la posibilidad de que Jim muriera mientras yo estaba en chirona. La caja está a nombre de Peter Stevens. Y, una vez al año, los abogados que actúan como albaceas de Jim, envían al Banco Casco un talón para cubrir el alquiler de la caja de Stevens.

»Peter Stevens está dentro de esa caja, esperando que le saquen. Su certificado de nacimiento, su tarjeta de la seguridad social y su permiso de conducir. El permiso de conducir está caducado porque Jim murió hace seis años, cierto, pero no hay ningún problema para renovarlo con una cuota de cinco dólares. Allí están también los certificados de sus valores, los bonos municipales libres de impuestos y unas dieciocho obligaciones al portador por un valor de diez mil dólares cada una.

Solté un silbido.

—Peter Stevens está encerrado en una caja de seguridad

del Banco Casco de Portland y Andy Dufresne está encerrado en una caja de seguridad en Shawshank –dijo–. El uno por el otro. Y la llave que abre la caja y la puerta hacia el dinero y la nueva vida está bajo un buen trozo de obsidiana en un henar de Buxton. Ya que te he contado todo esto, Red, te contaré algo más: durante los últimos veinte años, más o menos, he seguido los periódicos con mayor interés del normal, buscando noticias de algún proyecto de construcción en Buxton. Sigo creyendo que algún día leeré que están haciendo allí una carretera o levantando un nuevo hospital o construyendo un centro comercial. Enterrando mi nueva vida bajo tres metros de cemento o arrojándola a lo más profundo de un pantano con una gran carga de relleno.

Exploté:

–Santo Dios, Andy, si todo lo que me has contado es cierto, ¿cómo haces para no volverte loco?

Sonrió:

–Hasta el momento, sin novedad en el frente.

–Pero podrían ser años...

–Serán. Pero quizá no tantos como el Estado y el director Norton creen. Sencillamente, no puedo darme el lujo de esperar demasiado. Sigo pensando en Zihuatanejo y en aquel hotelito. Es todo cuanto deseo ahora, Red, y no creo que sea desear demasiado. Yo no maté a Glenn Quentin ni a mi mujer, y ese hotel... no, no es demasiado. Nadar y tomar el sol y dormir en una habitación con las ventanas abiertas y *espacio*... eso no es desear demasiado.

Lanzó las piedras que tenía en la mano.

–¿Sabes, Red? –dijo con naturalidad–. Un lugar como ése... En un sitio así, tendré que contar con un hombre que sepa conseguir cosas.

Pensé largo rato en ello. Y el mayor obstáculo que veía no era que estuviéramos hablando de ilusiones en el sucio patio de una cárcel pequeña con guardias armados vigilándonos desde las torretas.

—No podría hacerlo —dije—. Fuera no sabría arreglármelas. Ahora soy lo que llaman un hombre institucional. Aquí dentro, soy el tipo que puede conseguir cosas. Pero fuera, si quieres carteles o martillos o un disco determinado o un juego para montar un barquito en una botella, puedes utilizar las malditas páginas amarillas. Yo no sabría cómo empezar. Ni por dónde.

—Creo que te subestimas, Red —me dijo—. Eres un autodidacta, un hombre que se ha hecho a sí mismo. Y creo que un hombre bastante notable.

—Diablos, ni siquiera tengo un título de bachiller.

—Ya lo sé —dijo—. Pero no es una hoja de papel lo que hace a un hombre. Ni la cárcel lo que le deshace.

—Fuera no podría conseguirlo, Andy. Eso lo sé.

Se levantó.

—Piénsalo —dijo, con toda naturalidad.

Justo en aquel momento sonó el silbato. Y Andy se alejó caminando exactamente igual que un hombre libre que acabara de hacer una proposición a otro hombre libre. Y, durante un rato, eso bastó para hacer que me sintiera libre. Era algo que Andy podía conseguir. Podía hacerme olvidar por un rato que ambos estábamos condenados a cadena perpetua a merced de un comité de libertad condicional intransigente y de un director cantante de salmos a quien complacía ver a Andy exactamente donde estaba. Después de todo, Andy Dufresne era un perrillo faldero que sabía hacer declaraciones fiscales. ¡Qué maravilloso animal!

Pero aquella noche en mi celda volví a sentirme presidiario. Toda la idea parecía absurda, y la imagen mental de agua azul y blancas playas me resultaba más cruel que disparatada; se clavaba en mi cerebro como un garfio. Yo no podía ponerme aquel abrigo invisible, como hacía Andy. Al fin me dormí y soñé con una gran piedra negra que brillaba en el centro de un henar; tenía la forma de un gigantesco yunque de herrero. Y yo intentaba alzarla para sacar la llave que había debajo. Pero la piedra no se movía. Era demasiado grande.

Y podía oír los ladridos de los sabuesos al fondo en la oscuridad, acercándose.

Y supongo que todo esto nos lleva al tema de las fugas.

Como es lógico, de vez en cuando hay fugas en nuestra pequeña y feliz familia. Sin embargo, no saltes el muro, no en Shawshank, si eres listo. Los focos están toda la noche encendidos, tanteando y rastreando con sus largos dedos blancos los campos rasos y la ciénaga hedionda con que limita la prisión. De vez en cuando, algún preso se escapa saltando el muro, y casi siempre los proyectores le detectan. De no ser así, suelen atraparles en la autopista seis o en la noventa y nueve. Si tratan de escapar a campo traviesa, acaba viéndoles algún campesino que avisa por teléfono a la cárcel. Los presos que saltan por el muro son presos estúpidos. Shawshank no es Canon City, pero, en una zona rural, un tipo que corre por el campo vestido con un pijama gris llama tanto la atención como una cucaracha en una tarta nupcial.

A lo largo de los años, los individuos a quienes les ha salido mejor han sido aquellos (tal vez estrambóticamente, tal vez no tanto) que se fugaron siguiendo un impulso momentáneo. Algunos se largaron entre un cargamento de sábanas, bocadillo de convicto en blanco, podríamos decir. Al principio de llegar yo a Shawshank, muchos se fugaron así, pero en el transcurso de los años esa vía de escape quedó prácticamente anulada.

El famoso programa de trabajo «Dentro-Fuera» del director Norton produjo también su cuota de fugas. Algunos tipos decidían que preferían lo que quedaba a la derecha del guión a lo que quedaba a la izquierda. Y en la mayoría de los casos fueron fugas muy casuales. Dejabas caer el rastrillo de arándanos y te escabullías tranquilamente entre los matorrales mientras uno de los carceleros tomaba un vaso de agua en la camioneta o cuando dos de los guardias discutían las jugadas de los Boston Patriots.

En 1969, un equipo de presos de este programa de trabajo estaba recogiendo patatas en Sabbatus. Era el tres de noviembre y el trabajo casi había terminado. Había un guardia llamado Henry Pugh (que ya no pertenece a nuestra pequeña familia feliz, créeme) sentado en la defensa trasera de uno de los camiones de patatas, almorzando, con la carabina cruzada sobre las rodillas, cuando un hermoso gamo moteado (al menos eso me contaron, aunque a veces estas cosas se exageran) surgió de entre la fría neblina de primera hora de la tarde. Pugh se fue tras él arrastrado por visiones de un majestuoso trofeo en el vestíbulo de su casa y mientras él hacía eso, tres de los presos a su cargo se largaron. Volvieron a capturar a dos en una sala de billar de Lisbon Falls. El tercero aún no ha aparecido.

Supongo que la fuga más famosa fue la de Sid Nedeau. Ocurrió allá por 1958 y yo diría que nadie ha conseguido superarla. Sid estaba marcando las líneas del campo de juego para el partido de béisbol del sábado cuando sonó el silbato interior de las tres en punto, indicando el cambio de turno de la guardia. La zona de aparcamiento queda justo detrás del patio, al otro lado de la puerta principal, que se activa eléctricamente. La puerta se abre a las tres, y los guardias que entran de servicio y los que acaban su turno se encuentran y suelen charlar un rato entre palmaditas y bromas sobre los partidos de la liga de béisbol y los consabidos y manidos chistes étnicos.

Sid salió sencillamente muy tranquilo con la máquina por la puerta dejando una línea de base de ocho centímetros tras de sí todo el trayecto desde la base meta del patio hasta la cuneta del otro lado de la Ruta 6, donde encontraron la máquina volcada en un montón de cal. No me preguntes cómo lo hizo. Llevaba puesto el uniforme de la cárcel, claro, medía más de uno ochenta y salió dejando tras de sí polvorientas nubes de cal. Lo único que se me ocurre es que, como era viernes por la tarde y todo eso, los guardias que terminaban su turno estaban tan contentos, y los que entraban de servicio tan alicaídos, que los del primer grupo no podían bajar la cabeza de las nubes y los del segundo no levantaron la vista de la punta de sus zapatos... y así el bueno de Sid Nedeau sencillamente pasó entre unos y otros sin que le vieran.

Por lo que sé, Sid aún está libre. Andy Dufresne y yo nos reímos muchas veces, a lo largo de los años, recordando la gran fuga de Sid Nedeau, y cuando oímos lo de aquel secuestro de avión exigiendo rescate, aquel en el que el tipo se lanzó en paracaídas por la puerta posterior del avión, Andy juró y perjuró que el verdadero nombre de D. B. Cooper era Sid Nedeau.

—Y seguro que llevaba un puñado de cal en el bolsillo para que le diera buena suerte —dijo Andy—. El muy afortunado hijo de perra.

Pero comprenderás que casos como el de Sid Nedeau, o el del tipo que se largó por las buenas de la cuadrilla del patatal de Sabbatus, son excepcionales. Han de concurrir seis tipos diferentes de suerte en el mismo instante. Un tipo como Andy podría esperar noventa años y no conseguir semejante fuga.

Tal vez recuerdes que mencioné anteriormente a un tipo llamado Henley Backus, el encargado de la lavandería. Llegó a Shawshank en 1922 y murió en la enfermería de la prisión treinta y dos años después. Su *hobby* eran las fugas y los intentos de fuga, quizá porque jamás se atrevió a intentar una él mismo. Podía explicarte unos cien métodos diferentes, disparatados todos y todos llevados a la práctica en Shawshank alguna vez. Mi favorita era la historia de Beaver Morrison, un convicto que intentó construir un planeador en el sótano del taller de placas de automóvil. Utilizó los planos de un libro de hacia 1900 titulado *Manual de diversiones y aventuras del muchacho moderno*. Cuentan que Beaver consiguió terminarlo sin que le descubrieran, y entonces se encontró con que en el sótano no había puerta lo bastante grande para poder sacar el maldito trasto. Cuando Henley contaba esta historia te partías de risa, y sabía una docena (no, dos docenas) parecidas.

Si se trataba de explicar los detalles de las fugas de Shawshank, Henley lo hacía con pelos y señales. Me dijo una vez que, en el tiempo que llevaba él aquí, había habido más de cuatrocientos intentos de fuga, *que él supiera*. Piensa un momento en esto antes de asentir y seguir leyendo. ¡Cuatrocientos intentos de fuga! Eso significa más o menos una media de casi trece intentos de fuga al año en los años en que Henley Backus estuvo en Shawshank y los contabilizó. El Club-de-Intentos-de-Fuga del Mes. Claro que la mayoría eran chapuzas, el tipo de cosa que suele acabar con un guardia arrastrando al pobre desgraciado por el brazo y gritando: «Pero, ¿dónde te crees que estás, cretino de mierda?».

Henley decía que consideraba como los intentos de fuga más serios quizás unos sesenta, incluyendo la «huida» de 1937, el año antes de que él ingresara en Shawshank. Estaban construyendo entonces la nueva zona de administración, y salían catorce presos de la cárcel para trabajar en un cobertizo escasamente cerrado. Todo el sur de Maine estaba aterrado por aquellos «catorce malvados criminales»; «criminales» que, en su mayoría, estaban muertos de miedo y no tenían más idea de adónde podrían ir que una liebre despistada en una autovía con los focos de un camión avanzando hacia ella. Ninguno de aquellos catorce presos se fugó. A dos de ellos los mataron a tiros (civiles, no oficiales de policía ni personal de la prisión), pero ninguno se escapó.

¿Cuántos han conseguido escaparse desde 1938, en que yo ingresé en Shawshank, hasta aquel día de octubre en que Andy me mencionó Zihuatanejo por vez primera? Contando mis propios datos y los de Henley, yo diría que en total unos diez. Diez que consiguieron escapar realmente. Y, aunque no puede saberse con absoluta certeza, yo diría que al menos la mitad de esos diez están ahora cumpliendo condena en instituciones de bajo nivel de instrucción, como el Shank. Porque acabas institucionalizado. Si quitas a un hombre la libertad y le enseñas a vivir en una celda, parece perder su capacidad de pensar en otras dimensiones. Es como la liebre que mencioné, paralizada por las luces cercanas del camión que avanza para matarla. Más de la mitad de los presos que salen libres realizan algún trabajo estúpido que no tiene maldita posibilidad de salir bien... ¿por qué? Porque eso les llevará de vuelta a la cárcel, al lugar donde entienden cómo funcionan las cosas.

Andy no era así, pero yo sí. La idea de ver el Pacífico *parecía* buena; pero yo temía que, si realmente iba allí, me moriría de miedo; su inmensidad me aterraba.

De cualquier forma, el día de la conversación sobre México y sobre el señor Peter Stevens... empecé a creer que Andy tenía intención de hacer algún disparate. Rogué a Dios que fuera prudente y cuidadoso si lo llegaba a hacer y, sin embargo, no habría apostado un céntimo por sus posibilidades de éxito. Compréndelo, Norton no le quitaba ojo de encima. Para Norton, Andy no era simplemente un zoquete más con un número; digamos que tenían una relación laboral. Además, Andy poseía inteligencia y sensibilidad, y Norton estaba decidido a utilizar la una y aplastar la otra.

Al igual que hay políticos honrados (los que se venden) en el mundo exterior, también hay carceleros honestos, y si sabes juzgar bien a la gente y tienes algo de dinero que repartir, supongo que consigues que hagan la vista gorda lo justo para fugarte. No seré yo quien diga que nunca se ha hecho algo semejante, pero sí que Andy Dufresne no era precisamente el hombre que podía hacerlo. Porque, tal como he dicho, Norton le vigilaba de cerca. Y Andy lo sabía. Y los carceleros también lo sabían.

Así que nadie incluiría a Andy en el programa de trabajo «Dentro-Fuera», al menos mientras Norton controlara las listas de los grupos que salían a trabajar. Y Andy tampoco era la clase de individuo que prueba un tipo de fuga casual, estilo Sid Nedeau.

Yo en su lugar habría vivido torturado por la idea desquiciante de aquella llave. Con mucha suerte, habría podido dormir un par de horas por la noche. Buxton quedaba a menos de cincuenta kilómetros de Shawshank. Tan cerca, pero tan lejos.

Yo seguía pensando que lo mejor que podía hacer era contratar a un abogado e intentar conseguir un nuevo juicio. Cualquier cosa para librarse del yugo de Norton. Tal vez Tommy Williams enmudeciera sólo por un agradable programa de salidas, pero yo no estaba totalmente seguro de ello. Tal vez un buen abogado de los duros de pelar de Mississippi le convenciera... y puede que ni siquiera tuviera que insistir demasiado. Williams le tenía verdadera simpatía. De vez en cuando, le decía todo esto a Andy, que se limitaba a sonreír con la mirada perdida en el vacío, y a decirme que ya se lo pensaría.

Al parecer, estaba pensándose muchas otras cosas también.

Andy Dufresne se fugó de Shawshank en 1975. No le han capturado, ni creo que lo hagan nunca. En realidad, creo que Andy Dufresne ni siquiera existe ya. Pero creo que sí existe un hombre allá en Zihuatanejo, México, llamado Peter Stevens. Y es muy probable que dirija un hotelito recién inaugurado en este año de Nuestro Señor de 1976.

Te contaré lo que sé y lo que pienso; prácticamente es todo lo que puedo hacer, ¿no crees?

El doce de marzo de 1975, a las seis y media de la mañana, se abrieron las puertas de las celdas del pabellón cinco, igual que todas las mañanas, excepto los domingos. Y, exactamente igual que todos los días excepto los domingos, los reclusos de las celdas salieron al corredor y formaron dos filas mientras la puerta del pabellón se cerraba tras ellos. Se dirigieron luego a la puerta principal del pabellón, donde dos carceleros les contaron antes de enviarles al comedor para tomar su desayuno de gachas de avena, huevos revueltos y tocino.

Todo este proceso se atuvo absolutamente a la rutina, hasta el momento del recuento de los presos a la puerta del pabellón. Tenía que haber veintisiete. Y había veintiséis. Tras una llamada al capitán de guardias se permitió a los presos del pabellón cinco bajar a desayunar.

El capitán de guardias, un tipo no muy desagradable llamado Richard Gonyar, y su ayudante, un jovial simplón llamado Dave Burkes, recorrieron de inmediato el pabellón cinco. Gonyar volvió a abrir las puertas de las celdas y él y Burkes recorrieron juntos el pasillo, pasando las porras por los barrotes y con las armas en la mano. Cuando pasa algo así, lo normal es que algún recluso haya enfermado durante la noche y esté tan mal que no pueda salir de la celda por la mañana. Son menos los casos en los que alguno ha muerto o se ha suicidado.

Pero en esta ocasión, en vez de un hombre enfermo o de un cadáver, se toparon con un misterio. No encontraron a nadie. En el pabellón cinco había catorce celdas, siete a cada lado, todas bien limpias (el castigo por una celda desordenada y sucia en Shawshank es restricción de los privilegios de visita) y todas absolutamente vacías.

La primera suposición de Gonyar fue que se habían equivocado al contar, o que se trataba de una broma pesada. Así que, en lugar de mandarles a trabajar después del desayuno, los presos del pabellón cinco tuvieron que volver a las celdas, contentos y felices. Cualquier cambio en la rutina era siempre bienvenido.

Las puertas de las celdas se abrieron; los prisioneros entraron; las puertas de las celdas se cerraron. Algún payaso gritó: «Quiero un abogado, quiero un abogado, que venga mi abogado, lleváis este lugar como si fuera una apestosa cárcel».

Burkes: «Silencio, os voy a joder vivos».

El payaso: «Yo sí que me jodí a tu mujer, Burkie».

Gonyar: «Silencio todos, o pasaréis el día encerrados».

Él y Burkes volvieron a la fila y empezaron a contarnos. No tuvieron que contar mucho.

—¿A quién pertenece esta celda? —preguntó Gonyar al carcelero de noche de la derecha.

—A Andrew Dufresne —contestó el de la derecha, y eso fue todo. En ese mismo instante, se acabó la rutina, hermanos.

En todas las películas de cárceles que he visto suena esa corneta gemebunda cuando hay una fuga. Eso jamás sucedió en Shawshank. Lo primero que hizo Gonyar fue comunicárselo al director. Lo segundo, cerciorarse de que la prisión seguía funcionando. Lo tercero, alertar a la policía estatal de Scarborough de la posibilidad de una fuga.

Tal era la rutina en un caso así. Esta rutina no les exigía registrar la celda del sospechoso de fuga y por consiguiente no lo hicieron en aquel momento. ¿Por qué iban a hacerlo? Era cuestión de aceptar lo que veían. Era una pequeña habitación cuadrada, barrotes en la ventana, barrotes en la puerta corredera. Había un inodoro y un catre vacío. Y algunas piedrecitas en el poyo de la ventana.

Y, por supuesto, el cartel. Se trataba de Linda Ronstadt por entonces. El cartel estaba colocado justo sobre la litera. Había habido allí un cartel, en el mismo lugar exactamente, durante veintiséis años. Y cuando alguien (el propio Norton en persona, justicia poética, si es que existió tal cosa alguna vez) miró detrás del mismo, se llevaron la gran sorpresa.

Pero eso no ocurriría hasta las seis y media de la tarde, casi unas doce horas después de haberse descubierto la falta de Andy, seguramente unas veinte horas después de que se hubiera fugado.

Norton puso el grito en el cielo.

Lo sé de buena tinta: el bueno de Chester estaba encerando el suelo del vestíbulo de la zona administrativa aquel día. Esta vez no tuvo que sacar brillo con la oreja a la placa de la cerradura; según contaba luego, podía oírse a Norton con toda claridad hasta en los archivos y ficheros mientras ponía verde al pobre Rich Gonyar.

—¿Qué es lo que quiere decir? ¿Está seguro de que no se encuentra en el recinto de la cárcel? ¿Qué significa eso? ¿Significa que no le ha encontrado? ¡Pues será mejor que le encuentre! ¡Mucho mejor! ¡Porque quiero verle en seguida! ¿Me ha oído bien? ¡Quiero verle!

Gonyar dijo algo.

—¿Que no ocurrió en su turno? Eso es lo que dice *usted*. Yo diría que nadie sabe *cuándo* ocurrió. Ni cómo. Ni si ha ocurrido realmente. Vamos, le quiero en mi despacho a las tres de esta tarde o de lo contrario rodarán algunas cabezas. Se lo prometo. Y le aseguro que *siempre* cumplo todas mis promesas.

Gonyar replicó algo, algo que pareció irritar aún más a Norton.

—¿No? Pues fíjese bien en esto. *¡Mírelo!* ¿Lo reconoce? La tarjeta de la noche pasada del pabellón cinco. ¡Figuran todos los prisioneros! Dufresne quedó encerrado en su celda anoche y es absolutamente imposible que ahora haya desaparecido. *¡Es imposible! ¡Encuéntrele!*

Pero, a las tres de aquella tarde, Andy Dufresne figuraba todavía entre los desaparecidos. El propio Norton bajó hecho una furia al pabellón cinco unas horas más tarde; los prisioneros de aquel pabellón llevábamos todo el día encerrados. ¿Nos habían interrogado? Pasamos todo aquel largo día contestando las preguntas de los acosados carceleros que sentían el aliento del dragón pisándoles los talones. Todos dijimos exactamente lo mismo: no habíamos visto nada, no habíamos oído nada. Y, que yo sepa, todos decíamos la verdad. Sé que yo la decía. Todo lo que podíamos decir es que realmente Andy estaba en la celda cuando cerraron éstas y cuando se apagaron las luces una hora después.

Un gracioso sugirió que Andy se habría escurrido por el agujero de la cerradura. Tal sugerencia le costó cuatro días de confinamiento solitario. Estaban desquiciados.

Así que bajó Norton (acechante y furtivo) mirándonos con ojos tan furiosos que parecían a punto de arrancar chispas de los barrotes de acero templado de nuestras jaulas. Nos miraba como si creyera que todos estábamos complicados en el asunto. Y tal vez sí lo creyera.

Entró en la celda de Andy y miró a su alrededor. Estaba tal como Andy la había dejado, las sábanas de la litera vueltas pero sin que pareciera que alguien hubiese dormido allí. Las piedras en la ventana… aunque no todas. Se había llevado las que más le gustaban.

—Piedras —silbó Norton, y las barrió de un manotazo del poyo de la ventana. Gonyar, que estaba haciendo ya horas extras, dio un respingo, aunque no dijo nada.

Norton posó la mirada en el cartel de Linda Ronstadt. Linda miraba hacia atrás por encima del hombro, con las manos metidas en los bolsillos traseros de unos ceñidos pantalones pardos. Llevaba corpiño y lucía un intenso tostado californiano. Aquella fotografía por fuerza tenía que agraviar inmediatamente la sensibilidad baptista de Norton. Viéndole mirarla furioso, recordé lo que había dicho una vez Andy de sentir que casi podía atravesar el cartel y encontrarse junto a la chica.

Y eso fue lo que hizo, en un sentido absolutamente real, tal como Norton descubriría a los pocos segundos.

—¡Qué porquería! —gruñó, y rompió el cartel de un manotazo.

Y dejó al descubierto un abismal agujero en la pared de hormigón.

Gonyar no se metió en el agujero.

Norton se lo ordenó (toda la prisión tuvo que oír a Norton ordenando a Rich Gonyar meterse allí) y Gonyar se negó rotundamente.

—¡Esto le costará el puesto! —gritó Norton. Estaba tan histérico como una mujer en plena calentura menopáusica. Había perdido absolutamente el control. Tenía el cuello rojísimo y dos venas hinchadas y palpitantes en la frente—. ¡Ya puede contar con ello, francés de mierda! ¡Esto le costará el puesto y me encargaré personalmente de que no consiga ningún otro en ninguna institución penitenciaria de Nueva Inglaterra!

Gonyar sacó en silencio su pistola reglamentaria y se la ofreció a Norton sujetándola por el cañón. Ya había tenido suficiente. Llevaba ya dos horas de más de trabajo... casi tres, y no aguantaba más. Era como si la deserción de Andy de nuestra pequeña y feliz familia hubiera catapultado a Norton por el borde de algún tipo de irracionalidad personal existente ya desde hacía mucho tiempo... era evidente que estaba loco.

No sé cuál podía ser aquella irracionalidad, desde luego. Pero sí sé que aquella tarde había veintiséis presos escuchando la pelotera de Norton con Rich Gonyar mientras la claridad del día se desvanecía del cielo nuboso de finales de invierno, todos tipos endurecidos y veteranos que habíamos visto llegar y marcharse a los directores, igual a los inflexibles que a los blandos, y los veintiséis supimos que Samuel Norton acababa de superar lo que a los ingenieros les gusta denominar «punto de ruptura».

Y por Dios que tuve casi la sensación de oír a Andy Dufresne riéndose desde algún sitio.

Al final, Norton consiguió a un tipo pequeño y seco del turno de noche para que se metiera en el agujero que había hecho Andy detrás del cartel de Linda Ronstadt. Aquel guardia enjuto se llamaba Rory Tremont y no era precisamente un águila en lo que a ideas se refiere. Tal vez creyera el pobre que iba a ganarse la Estrella de Bronce o algo por el estilo. Tal como resultaría la cosa, fue una suerte que Norton encontrara a alguien de constitución parecida a la de Andy para meterse allí. Si se le ocurre mandar a un tipo corpulento (que son los más entre los guardias de prisión) se habría quedado atascado dentro, tan seguro como que Dios creó la yerba verde... y que todavía estaría allí.

Tremont se metió en el agujero con un cordel de nailon que alguien había encontrado en el maletero de su coche atado a la cintura y con una gran linterna de seis pilas en la mano. Por entonces, Gonyar, que había cambiado de idea respecto a marcharse y que parecía el único de los presentes que aún conservaba la capacidad de pensar con claridad, había desenterrado una serie de planos. Yo sabía perfectamente lo que le mostrarían aquellos planos: la sección transversal de una pared, que parecía un bocadillo. La pared completa tenía un grosor de poco más de tres metros. Las secciones interior y exterior tenían cada una un grosor aproximado de metro veinte. Y en el centro había un espacio de sesenta centímetros de tubería. Y tienes que creer que eso era precisamente el meollo del asunto... en más de un sentido.

Llegó del agujero la voz de Tremont, con un tono hueco y apagado.

—Hay un olor espantoso aquí dentro, director.

—¡Eso no importa! ¡Siga avanzando!

Las piernas de Tremont desaparecieron en el agujero. Un instante después habían desaparecido también sus pies. La linterna destelleaba débilmente de un lado a otro.

—Director, huele fatal.

—¡He dicho que no importa! —gritó Norton.

Volvió a oírse, en tono gemebundo, la voz de Tremont.

—Huele a mierda. Oh, Dios santo, eso es lo que es, es mierda; oh, Dios mío, sácame de aquí o voy a echar las tripas; oh, mierda, es mierda; oh, Dios, *mmgaaoouum*...

Y entonces nos llegó el sonido inconfundible de Rory Tremont devolviendo sus dos últimas comidas.

Y, en este punto, no pude más. No pude controlarme. Todo aquel día (diablos, no, los últimos treinta años) se me vinieron de repente a la cabeza y empecé a reírme con toda el alma, me reía de un modo que siempre había creído imposible dentro de estos muros grises. ¡Y, oh, Dios santo, no me sentó bien!

—¡Saquen de aquí a ese hombre! —estaba gritando Norton, y yo me estaba riendo tan fuerte que no sabía si se refería a mí o a Tremont. Seguía riéndome y pateando y doblándome por la cintura. No podría haber dejado de reírme ni aunque Norton me hubiera amenazado con pegarme un tiro allí mismo—. *¡Sáquenle de aquí!*

En fin, vecinos y amigos míos, el que se fue fui yo. Directamente a confinamiento solitario, donde pasé quince días. Una apuesta arriesgada. Pero a cada poco me acordaba del pobre infeliz de Rory Tremont vociferando *Oh, mierda, es mierda* y luego pensaba en Andy Dufresne avanzando en su propio coche rumbo al sur, vestido con un buen traje, y no podía evitar reírme. Pasé aquellos quince días incomunicado prácticamente tranquilo. Quizá porque una parte de mí estaba con Andy Dufresne; Andy Dufresne, que había vadeado la mierda y había salido limpio al otro lado; Andy Dufresne, rumbo al Pacífico.

Me enteré del resto de lo ocurrido aquella noche por una media docena de fuentes distintas. No demasiado, de cualquier forma. Supongo que Rory Tremont decidió que no le quedaba mucho que perder después de haber perdido la comida y la cena, porque siguió adelante. No corría peligro de caerse por el hueco porque era tan estrecho que tenía que impulsarse hacia abajo para avanzar. Más tarde diría que respiraba sólo a medias y que ya sabía qué era lo de que le enterraran a uno vivo.

Lo que descubrió al final fue el conducto general del albañal que servía para los catorce inodoros del pabellón cinco, una cañería de porcelana que había sido instalada hacía treinta años. Estaba reventada. Junto al mellado agujero de la cañería, Tremont encontró el martillo de trabajar piedra de Andy.

Andy había conseguido evadirse, pero no le había resultado nada fácil.

La cañería era aún más estrecha que el hueco por el que había bajado Tremont. Rory Tremont no siguió por ella y, por lo que yo sé, nadie lo hizo. Debió de ser algo inenarrable. Cuando Tremont estaba examinando el agujero y el martillo, saltó de la cañería una rata que luego juraría que era casi tan grande como un cachorro cocker. Volvió a recorrer en dirección contraria el angosto espacio hasta la celda de Andy como un mono aterrado.

Andy se había metido en aquel conducto de albañal. Tal vez supiera que desembocaba en un arroyo a quinientos metros de la cárcel en la pantanosa zona oeste. Creo que lo sabía. Los planos de la prisión estaban por ahí y debió de hallar el modo de echarles una ojeada. Era un tipo metódico. Tenía que saber o haber averiguado que el conducto de albañal que salía del pabellón cinco era el único de toda la prisión que no se había desviado hacia la nueva planta de tratamiento de basuras y tenía que saber que o lo intentaba hacia mediados de 1975 o nunca, porque en agosto también a nosotros nos conectarían a la nueva planta de tratamiento de basuras.

Quinientos metros. La longitud de cinco campos de fútbol. Y se arrastró durante medio kilómetro, quizá con una pequeña linterna en la mano o tal vez sólo con un par de cajas de cerillas. Atravesó a rastras toda aquella porquería que no puedo o no quiero imaginar. Puede que las ratas corrieran al verle o puede que le atacaran, como suelen hacer esos animales cuando se enardecen en la oscuridad. Debía de tener el espacio justo de los hombros para seguir avanzando, y en las juntas seguramente tendría que darse impulso para pasar. Si yo hubiera estado en su lugar, hubiese enloquecido de claustrofobia. Pero él lo consiguió.

Encontraron huellas fangosas que salían del arroyo estancado y hediondo en el que desembocaba el albañal. Y, a unos tres kilómetros de allí, la patrulla de rastreo encontró su uniforme de presidiario... pero eso sería dos días después.

Como supondrás, la historia de la fuga de Andy apareció en los periódicos, pero nadie en un radio de veinticinco kilómetros de la prisión denunció el robo de un coche o de ropa, o a un hombre desnudo a la luz de la luna. Ni siquiera un perro ladrando en el corral de una granja. Salió del albañal y sencillamente se esfumó.

Pero apuesto a que se esfumó en dirección a Buxton.

Tres meses después de aquel memorable día, Norton dimitió. Y me complace inmensamente informar que era un hombre deshecho. Había perdido todo su vigor. Su último día aquí, andaba con la cabeza baja como un viejo presidiario que se arrastra hacia la enfermería a buscar sus pastillas de codeína. Le sucedió en el puesto Gonyar, y tal vez eso fuera lo más cruel de todo para Norton. Por lo que sé, Sam Norton está ahora en Eliot, donde asiste los domingos a los servicios religiosos de la iglesia baptista y se pregunta cómo diablos lo conseguiría Andy Dufresne.

Yo se lo diría; la respuesta a la pregunta es la simplicidad misma. Algunos lo consiguen, Sam. Y otros, no; ni lo conseguirán nunca.

Y eso es todo lo que sé; explicaré ahora lo que pienso. Puede que me equivoque en algunos detalles, pero apostaría mi reloj, con cadena y todo, a que en líneas generales acierto. Porque, siendo Andy el tipo de individuo que era, hay sólo una o dos formas en las que pudo desarrollarse todo. Y, una y otra vez, siempre que pienso en ello, recuerdo las palabras de aquel indio medio loco: Normanden. «Buen tipo –comentó Normanden después de vivir en la misma celda que Andy ocho meses–. Me alegró marcharme, sí, mucha corriente en aquella celda. Siempre hacía frío. No dejaba que nadie tocara sus cosas. Está bien. Buen tipo; nunca hacía bromas. Pero mucha corriente.» Pobre demente Normanden. Sabía más que todos nosotros y lo supo antes. Y tuvieron que pasar ocho largos meses antes de que Andy pudiera librarse de él y quedarse otra vez solo en la celda. De no haber sido por esos ocho meses que Normanden pasó con él después de que Norton llegara a la cárcel, creo que Andy habría estado libre antes de la dimisión de Nixon.

Ahora creo que todo empezó en 1949... por entonces, y no con el martillete de trabajar piedra, sino con el cartel de Rita Hayworth. Ya expliqué lo nervioso que me pareció cuando me pidió el cartel, nervioso y dominado por una especie de exaltación contenida. Pensé entonces que se trataba de simple turbación, que Andy era el tipo de individuo al que disgusta que los demás se enteren de que tiene los pies de barro y desea una mujer... y más tratándose de una mujer imaginaria. Pero ahora creo que estaba equivocado. Ahora creo que la turbación de Andy procedía de algo completamente distinto.

¿A qué se debía el agujero que el director Norton acabó descubriendo tras el cartel de una chica que ni siquiera había nacido cuando le hicieron aquella fotografía a Rita Hayworth? A la perseverancia y al arduo trabajo de Andy Dufresne, sin duda... no voy a negarle nada de eso a Andy. Pero en la ecuación intervienen también otros dos factores: muchísima suerte y hormigón de la WPA.*

★   Véase el final de la nota de la página 16. *(N. de los T.)*

Supongo que no hace falta explicar lo de la suerte. En cuanto a lo del hormigón, me encargué de averiguarlo. Invertí cierto tiempo y un par de sellos y escribí primero al Departamento de Historia de la Universidad de Maine y luego a un individuo cuya dirección me facilitó la universidad. Individuo que había sido encargado del proyecto de construcción del Ala de Máxima Seguridad de Shawshank, que llevó a cabo la WPA.

Forman parte de este ala los pabellones tres, cuatro y cinco, y fue construida en los años 1934-1937. Hoy en día, prácticamente nadie considera el cemento y el hormigón como «adelantos tecnológicos», como los coches y las calderas de petróleo o los aviones de propulsión; pero lo son. El cemento moderno no se utilizó hasta 1870 más o menos, y el hormigón moderno no existió hasta finales-principios de siglo. La mezcla del hormigón es una tarea tan delicada como la de hacer pan. Hay que echar la cantidad exacta de agua. La mezcla de arena puede resultar demasiado compacta o demasiado líquida, y otro tanto es válido para la mezcla de grava. Y allá por 1934 la ciencia de mezclar los materiales estaba muy lejos de la perfección de hoy en día.

Los muros del pabellón cinco eran bastante sólidos, pero no eran precisamente secos y cálidos. En realidad, eran, y son, extraordinariamente húmedos. Tras una larga temporada de humedad, rezuman e incluso a veces gotean. Y solían aparecer grietas, algunas de una pulgada de profundidad, que se enlucían de forma rutinaria.

Bien, y he aquí que llega Andy Dufresne al pabellón cinco. Se había licenciado en la Escuela de Comercio de la Universidad de Maine, pero también había hecho dos o tres cursos de geología. En realidad, la geología se había convertido en su principal afición. Supongo que le interesaba por su carácter paciente y meticuloso. Un diamante de diez mil años de antigüedad aquí. Una capa montañosa de un millón de años allá. Capas de sedimentos comprimiéndose unas sobre otras en lo profundo de la tierra durante milenios. *Presión*. Andy me contó una vez que la geología consiste en un estudio de la presión.

Y tiempo, por supuesto.

Él tuvo tiempo para estudiar aquellos muros. Muchísimo tiempo. Cuando la puerta de la celda se cierra y las luces se apagan, no hay otra cosa que mirar.

Los prisioneros novatos suelen pasarlo mal adaptándose al confinamiento de la vida del recluso. Les da fiebre carcelaria. A veces, tienen que arrastrarles hasta la enfermería y darles sedantes una o dos veces antes de que empiecen a funcionar. No es nada raro oír a alguno de los nuevos miembros de nuestra feliz familia golpeando los barrotes de su celda y gritando que le dejen salir... En tales ocasiones, no pasa mucho rato sin que empiece a oírse por toda la galería el canto: «¡Pescado fresco, pescadito, eh, pescado fresco, pescado fresco, hoy tenemos pescado fresco!».

A Andy no le pasó esto cuando llegó en 1948, lo cual no quiere decir que no tuviera los problemas que la mayoría para adaptarse. Quizás estuviera a punto de enloquecer; a algunos les pasa y los hay que saltan la barrera. La vida anterior se desvanece en un abrir y cerrar de ojos, extendiéndose ante ellos, imprecisa pesadilla, una larga temporada en el infierno.

Así pues, ¿qué hizo Andy?, te pregunto. Buscó casi desesperadamente algo que distrajera y tranquilizara su mente. Oh, hay muchísimas formas distintas de distraerse, incluso en la cárcel; parece que tratándose de distracción, la mente humana fuera capaz de un infinito número de posibilidades. Ya expliqué lo del escultor y sus *Tres edades de Jesús*. Había coleccionistas de monedas que estaban siempre perdiendo sus colecciones en beneficio de los ladrones, de coleccionistas de sellos, un tipo que tenía postales de treinta y cinco países distintos... y, te diré, le habría arrancado los ojos a cualquiera que hubiera pillado entreteniéndose con sus postales.

Andy se dedicó a las piedras. Y a las paredes de su celda.

Yo creo que su intención original tal vez no fuera más que grabar sus iniciales en la pared en la que pronto iba a colgar el cartel de Rita Hayworth. Sus iniciales o quizá los versos de algún poema. Y, mira por dónde, se encontró con aquel hormigón curiosamente blando. Tal vez empezara a grabar sus iniciales y se desprendiera un trozo de pared. Puedo verle echado en su litera contemplando aquel trozo de pared, dándole la vuelta en la mano. Nada importa el fracaso de toda tu vida, nada importa que todo un cargamento de mala suerte haya dado con tus huesos en esta cárcel. Olvídalo todo y contempla este trozo de hormigón.

Tal vez unos meses después decidiera que sería divertido comprobar la cantidad de pared que podía arrancar. Pero, claro, no puedes ponerte a excavar una pared en tu celda y luego, cuando aparezcan los de la inspección semanal (o una de las inspecciones sorpresa siempre a la busca de escondrijos de alcohol, drogas fotos porno y armas), decirle al guardia: «Ah, eso. Sólo estoy haciendo un agujerito en la pared de mi celda. No te preocupes, buen hombre».

Evidentemente no podía hacer eso. Así que acudió a mí y me preguntó si podría conseguirle un cartel de Rita Hayworth. Y no uno pequeño, sino uno grande.

Y, claro, además tenía el martillete. Recuerdo haber pensado cuando se lo proporcioné, allá por 1948, que un hombre tardaría unos seiscientos años en hacer con él un agujero que atravesara el muro. Cálculo bastante acertado. Pero Andy sólo tuvo que agujerear *medio* muro... y, aun teniendo en cuenta la blandura del hormigón, le llevó dos martillos de trabajar piedra y tardó veintiséis años.

Claro que la mayor parte de uno de esos años la perdió con Normanden y además sólo podía trabajar de noche, preferiblemente bien avanzada la noche, cuando casi todo el mundo duerme... incluso los guardias del turno nocturno. Pero supongo que lo que le retrasó más fue librarse de la pared a medida que la iba arrancando. Pudo amortiguar el sonido de su trabajo envolviendo la cabeza del martillo con paños de pulimentar, pero ¿qué hacer con el hormigón pulverizado y con los trozos enteros que caerían de vez en cuando?

Creo que tendría que reducirlos a chinitas y...

Recuerdo el domingo después de haberle proporcionado el martillo. Recuerdo que me quedé mirándole mientras cruzaba el patio con la cara hinchada por su último encuentro con las hermanas. Vi que se detenía, cogía una china... y que ésta desaparecía en su manga. Ese bolsillo; manga interior es un viejo truco de la prisión. Arriba de la manga o sencillamente en la vuelta de los pantalones. Y recuerdo otra cosa, un recuerdo muy intenso, aunque algo confuso, tal vez algo que vi más de una vez: es el recuerdo de Andy Dufresne cruzando el patio en un cálido día de verano en que el aire estaba absolutamente quieto. Quieto, sí... a no ser por una suave brisa que parecía levantar arena alrededor de los pies de Andy Dufresne.

Así que tal vez tuviera un par de bolsos falsos en los pantalones debajo de las rodillas. Los cargabas bien con el escombro triturado y luego sencillamente paseabas por ahí con las manos en los bolsillos y cuando estabas tranquilo y seguro de que nadie te observaba, dabas un leve tirón a los bolsillos. Los bolsillos, naturalmente, estaban unidos por cordel o hilo fuerte a los bolsos falsos. El relleno va cayendo en una especie de cascada de las perneras de los pantalones según vas caminando. Durante la segunda guerra mundial, los prisioneros que intentaban escapar abriendo túneles utilizaban este truco.

Los años fueron pasando y Andy transportó lo extraído de la pared de su celda, puñado a puñado, al patio de ejercicios. Siguió la corriente a un director tras otro, y todos creyeron que se debía a su deseo de que la biblioteca siguiera funcionando, pero lo que a Andy le interesaba más era seguir en su celda catorce del pabellón cinco y ser su único ocupante.

Dudo que, al menos al principio, tuviera planes reales de escapar ni esperanzas de conseguirlo. Seguramente suponía que la pared tenía tres metros de sólido hormigón. Pero, como digo, no creo que le preocupara mucho atravesarla o no. Debía de pensar así, más o menos: conseguiría simplemente avanzar unos centímetros cada siete años o así; por tanto, me llevaría setenta años atravesarla del todo; y, para entonces, tendría ciento un años.

Y he aquí una segunda conjetura que yo habría hecho si hubiera sido Andy: que acabarían descubriéndome y me pasaría una larga temporada incomunicado, por no mencionar una gran mancha en mi ficha. No hay que olvidar la inspección regular semanal y una visita sorpresa (normalmente por la noche) cada dos semanas o así. Tuvo que decidir que las cosas no podrían prolongarse mucho tiempo. Antes o después, algún carcelero se dedicaría a husmear detrás del cartel de Rita Hayworth sólo para asegurarse de que Andy no tenía pegado a la pared con cinta adhesiva un mango de cuchara afilado o algunos cigarrillos de marihuana.

Y la respuesta de Andy a esa segunda conjetura tuvo que ser: *Al diablo con ello.* Hasta puede que lo convirtiera en un juego. ¿Hasta dónde llegaré antes de que me descubran? La cárcel es un lugar extraordinariamente aburrido, y la posibilidad de ser sorprendido por una inspección no programada en plena noche, y mientras tenía el cartel despegado, probablemente añadiera un cierto aliciente a su vida durante los primeros años.

Y creo que le habría sido imposible salir adelante sólo a base de simple suerte. No durante veintisiete años. No obstante, tengo que creer que durante aquellos dos años (hasta mediados de mayo de 1950, cuando ayudó a Byron Hadley a eludir los impuestos del legado de su hermano) fue exactamente así como funcionó la cosa.

Claro que tal vez tuviera algo más que simple suerte a su favor, incluso por entonces. Tenía dinero y puede que untara un poco a alguien todas las semanas para que le facilitara las cosas. Casi todos los carceleros se avendrán a ello si el precio es razonable, es dinero en sus bolsillos y el prisionero consigue conservar las fotografías o los cigarrillos hechos de encargo. Además, Andy era un prisionero ejemplar (tranquilo, bien hablado, respetuoso, nada violento). Son los rebeldes y los alborotadores los que consiguen que les pongan la celda patas arriba al menos una vez cada seis meses, les abran las cremalleras de los colchones, les corten las almohadas y comprueben minuciosamente el desagüe del inodoro.

Y, a partir de 1950, Andy pasó a ser algo más que un prisionero ejemplar. En 1950 se convirtió en un artículo valioso, un asesino que hacía declaraciones de impuestos mejor que H & R Block. Daba asesoramiento económico gratuito y asesoramiento fiscal, y llenaba los impresos de solicitudes de créditos (a veces creativamente). Le recuerdo sentado tras su mesa de la biblioteca repasando pacientemente el contrato de préstamo párrafo por párrafo con un carcelero que quería comprar un automóvil DeSoto usado, explicándole al tipo con todo detalle los pros y los contras del contrato, explicándole que era posible comprar a crédito sin que te clavaran demasiado, sacándole de las sociedades financieras que, en aquellos tiempos, eran poco mejores que usureros. Cuando terminó, el carcelero hizo ademán de tenderle la mano... y en seguida la retiró. Por un momento, había olvidado que estaba tratando con una mascota y no con un hombre.

Andy seguía las leyes fiscales y el cambio en el mercado de valores, y así su utilidad no concluyó tras llevar un tiempo fuera de circulación. Empezó a recibir dinero para la biblioteca, concluyó al fin la guerra que había sostenido con las hermanas y nadie se preocupaba mucho por su celda. Era un buen negro.

Y un día, mucho después, quizás en octubre de 1967, su prolongada afición se convirtió súbitamente en algo más. Una noche, cuando estaba en el agujero metido hasta la cintura y Raquel Welch colgaba sobre su trasero, el extremo afilado de su martillo se hundió de repente en el hormigón hasta la empuñadura.

Debió de sacar algunos trozos de hormigón, pero tal vez oyera caer otros en aquel hueco, rebotando y tintineando en la cañería. ¿Sabía por entonces Andy que iba a aterrizar en aquel hueco, o fue una absoluta sorpresa? No lo sé. Tal vez para entonces hubiera visto ya los anteproyectos de la prisión, o tal vez no. Si no los había visto ya, apuesta lo que quieras a que encontró pronto la forma de echarles un vistazo.

Debió de caer en la cuenta de que ya no se trataba de un simple juego, sino que tenía una meta: en términos de su propia vida y de su propio futuro, la más importante. Tal vez no lo supiera con seguridad todavía, pero debía de tener una idea bastante clara porque fue justamente por entonces cuando me habló por primera vez de Zihuatanejo. Aquel estúpido agujero de la pared dejó súbitamente de ser un pasatiempo para ser su sueño si es que sabía lo del albañal del fondo y que pasaba bajo el muro exterior; lo fue, de todos modos.

Durante años, le había preocupado la llave que descansaba bajo la piedra de Buxton. Ahora tenía que preocuparse de que algún nuevo guardia celoso mirara tras el cartel de su celda y descubriera todo el pastel o de que le metieran un compañero en la misma celda, o de que, después de tantos años, le trasladaran de cárcel. Viviría con todo esto en la cabeza durante los ocho años siguientes. Lo único que puedo decir es que demostró ser uno de los individuos con más temple que hayan existido. Viviendo con semejante incertidumbre, yo me habría vuelto completamente loco al poco tiempo.

Pero Andy se limitó a seguir actuando como si nada sucediera.

Tuvo que cargar con la posibilidad de que le descubrieran durante otros ocho años (diríamos más bien la *probabilidad*, pues no importa lo cuidadosamente que pusiese las circunstancias a su favor; como interno de una prisión estatal, no tenía mucha capacidad de maniobra... y los dioses ya habían sido bondadosos con él durante demasiado tiempo; unos diecinueve años).

La ironía más espantosa que se me ocurre es que le hubieran concedido la libertad condicional. ¿Te imaginas? Tres días antes de que el preso salga realmente, le trasladan al ala de Seguridad Menor para someterle a una serie completa de pruebas físicas y profesionales. Mientras permanece allí, su celda se limpia y vacía por completo. En lugar de conseguir la libertad condicional Andy habría conseguido una larga jornada abajo en la zona de incomunicados, seguido por más tiempo arriba... pero no en la misma celda de antes.

Si dio con el agujero en 1967, ¿cómo es que no escapó hasta 1975?

No lo sé con seguridad, pero podría exponer algunas conjeturas aceptables.

Primero, se habría vuelto más precavido que nunca. Era demasiado inteligente para lanzarse a la carga e intentar huir en ocho meses o incluso en dieciocho. Tenía que seguir ampliando la abertura del angosto espacio poco a poco. Un agujero del tamaño de una taza de té cuando tomó su copa de año viejo aquel año. Un agujero tan grande como un plato cuando celebró su cumpleaños en 1968. Y tan grande como una bandeja de servir para cuando empezó la temporada de béisbol en 1969.

Durante un tiempo, pensé que habría ido mucho más rápido de lo que aparentemente lo hizo (quiero decir, después de taladrar la pared). Me parecía que, en vez de tener que pulverizar los escombros y sacarlos de la celda tal como expliqué, sencillamente podría dejarlos caer al hueco. El tiempo que le llevó, me hace pensar que no se atrevió a hacerlo. Debió de decidir que el ruido podría levantar sospechas. O, si es que, tal como creo, sabía lo de la cañería, temería que un trozo de cemento la rompiera antes de que lo tuviera todo listo, atascando el sistema de desagüe y provocando una investigación. Y una investigación, no hace falta decirlo, sería la ruina.

De todas formas, supongo que para la fecha de la segunda investidura de Nixon el agujero debía de ser lo bastante amplio para permitirle pasar... y seguramente antes de esa fecha, ya que Andy era un tipo pequeño.

¿Por qué no se fue entonces?

Hasta aquí es hasta donde llegan mis comedidas conjeturas, amigos. A partir de este punto, se hacen progresivamente más desordenadas. Una posibilidad es que el espacio por el que debía pasar se obstruyera con los escombros y tuviera que limpiarlo. Pero eso no le llevaría tanto tiempo. Entonces, ¿qué?

Es posible que se asustara.

Ya he explicado, dentro de mis posibilidades, lo que es un hombre «institucional». Al principio, no puedes soportar estos muros; luego, llegas a resignarte a ellos y luego... llegas a aceptarlos... y entonces, cuando tu cuerpo y tu mente y tu espíritu se adaptan a la vida en esta escala, llegas incluso a amarlos. Te dicen cuándo tienes que comer, cuándo puedes escribir cartas, cuándo puedes fumar. Si estás trabajando en la lavandería o en el taller, te asignan cinco minutos de cada hora para ir al baño. Durante treinta y cinco años, mi momento era veinticinco minutos después de la hora y, después de treinta y cinco años, sólo entonces tengo ganas de orinar o de cagar: a las horas y veinticinco. Y si, por alguna razón, no pudiera ir, a los cinco minutos dejaría de sentir la necesidad y volvería a sentirla a las y veinticinco de la hora siguiente.

Tal vez Andy estuviera luchando con ese tigre (ese síndrome institucional) y también con el gran temor de que todo hubiera sido inútil.

¿Cuántas noches pasaría despierto tendido en la litera bajo el cartel, pensando en aquella alcantarilla, sabiendo que era su única posibilidad, que no tendría otra? Los planos podrían haberle indicado el diámetro de la tubería, pero nada podían decirle de cómo sería el interior de la misma: si podría respirar dentro sin asfixiarse, si las ratas serían tan grandes y valientes como para plantarle cara y atacarle en vez de escapar... y un plano tampoco podría indicarle lo que encontraría al final cuando, y si, llegaba hasta el final. He aquí una ironía aún más divertida que la de la libertad vigilada: Andy se mete en el conducto del albañal, repta a lo largo de sus quinientos metros de asfixiante y hedionda oscuridad y se topa al final con una gigantesca alambrada que lo sella. Ja, ja, muy divertido, sí.

Andy tuvo que barajar todas esas posibilidades. Y, si la suerte estaba de su lado y conseguía realmente salir, ¿podría conseguir de alguna forma ropa de civil y alejarse de la prisión sin que le localizaran?

Y algo más: supongamos que al fin saliera, se alejara de Shawshank antes de que se diera la alarma, llegara a Buxton, alzara la piedra correspondiente... y no encontrara nada debajo de ella... No necesariamente algo tan dramático como llegar al henar que él sabía y descubrir que habían levantado un edificio de apartamentos en el lugar, o que lo habían convertido en el aparcamiento de un supermercado. Y podría haberse dado el caso de que un niñito al que le gustaran las piedras se fijara en aquel trozo de obsidiana, lo volviera, viera la llavecita debajo y cogiera llave y piedra y se las llevara a casa como recuerdos. O tal vez tropezara con la piedra un cazador de noviembre quedando la llave al descubierto, y una ardilla o un cuervo con afición por las cosas brillantes se la hubieran llevado. Podía haber pasado cualquier cosa.

Así que creo (conjetura infundada o no) que Andy permaneció inmovilizado por un tiempo. Después de todo, si no apuestas, nada pierdes. ¿Qué tenía que perder?, preguntaréis. Por un lado, su biblioteca. Y la ponzoñosa paz de la vida institucional, por otro. Cualquier futura oportunidad de acceder a su identidad segura.

Pero al final lo hizo, tal como he explicado. Lo intentó... y, ¡santo cielo!, ¿no fue espectacular? ¡Contestadme!

¿Preguntáis que si consiguió realmente escapar? ¿Qué ocurrió después? ¿Qué ocurrió cuando llegó a aquel prado y levantó la piedra... dando por descontado siempre que la piedra aún seguía allí?

No puedo describiros la escena, porque este hombre institucional sigue aún en esta institución y aquí espera seguir en los años venideros.

Pero os diré algo: muy a finales del verano de 1975, el quince de septiembre para ser exactos, recibí una tarjeta postal que habían echado al correo en el pueblecito de McNary, Texas. McNary queda en el lado norteamericano de la frontera, justo frente a El Porvenir. La tarjeta no traía ningún mensaje, estaba completamente en blanco. Pero yo entiendo. En mi interior lo sé con la misma certeza con que sé que algún día todos moriremos.

McNary es el lugar por donde cruzó la frontera. McNary, Texas.

Y ésa es mi historia, compadres. Nunca creí que me llevaría tanto tiempo escribirla hasta el final ni que ocuparía tantas hojas. Empecé a escribirla nada más recibir esa postal y estoy terminando ahora, catorce de enero de 1976. He gastado tres lápices enteritos y un cuaderno de papel. He procurado tener las hojas bien escondidas... pese a que no son muchos los que pueden leer mis garabatos.

El escribir agitó más recuerdos de los que yo creía tener. Escribir sobre uno mismo se parece muchísimo a hundir una vara en el agua clara de un río y remover el légamo del fondo.

Pero oye, no escribías sobre ti mismo, oigo decir a alguien por el gallinero. *Estuviste escribiendo sobre Andy Dufresne. Tú no eres más que un personaje secundario de tu propia historia.*

Pero sabéis muy bien que no es así en absoluto. Todo *trata* de mí, todas y cada una de las malditas palabras de la historia. Andy era la parte de mí que jamás pudieron encarcelar, una parte mía que se regocijará cuando al fin las puertas se abran ante mí y salga de la cárcel con mi traje barato y mis veinte dólares ahorrados en el bolsillo. Es parte mía que se regocijará sin importarle lo viejo y arruinado y aterrado que esté el resto de mi persona. Supongo que es sólo cuestión de que Andy tenía más de esa parte que yo y la empleó mejor.

Hay otros como yo, otros que recuerdan a Andy. Estamos contentísimos de que se escapara, aunque también un poco tristes. Algunos pájaros no están destinados a que los enjaulen, eso es todo. Tienen las plumas demasiado brillantes, su canto es demasiado dulce y libre. Así que, o les dejas irse, o, cuando abres la jaula para darles de comer, se las arreglan para escapar volando. Y la parte de ti que en el fondo creía que era un error tenerlos cautivos se alboroza, pese al hecho de que el lugar en que vives sea mucho más lóbrego y triste tras su partida.

Ésa es la historia, y me alegra haberla contado, aunque no sea muy concluyente, y pese a que algunos de los recuerdos que el hacerlo avivó (como la vara aquella removiendo el légamo del río) me produjeron cierta tristeza y la sensación de ser más viejo de lo que soy. Gracias por escucharme. Y, Andy, si de veras estás allá abajo, tal como creo, contempla por mí las estrellas cuando el sol se ponga, y toca por mí la arena, y vadea en el agua, y siéntete libre.

Jamás esperé reanudar esta narración, pero héteme aquí, con las páginas dobladas y arrugadas sobre la mesa ante mí. Aquí estoy, añadiendo otras tres o cuatro páginas, escribiendo en un cuaderno nuevo. Un cuaderno que compré en una tienda... Sencillamente entré en una tienda de la calle Congress de Portland y lo compré.

Creía haber puesto punto final a mi historia en una celda de la prisión de Shawshank, un sombrío día de enero de 1976. Estamos ahora en mayo de 1977; estoy sentado en un cuartito barato del hotel Brewster de Portland, escribiendo.

La ventana está abierta y me llega el sonido del tráfico, inmenso, excitante, aterrador. Tengo que mirar continuamente por la ventana y asegurarme de que no tiene barrotes. Duermo bastante mal por las noches porque la cama, pese a ser ésta una habitación barata, me resulta demasiado amplia y lujosa. Me despierto con presteza por la mañana a las seis y media, desorientado y aterrado. Mis sueños son desagradables. Tengo la desquiciante sensación de caer en el vacío. La sensación es aterradora y al mismo tiempo vivificante.

¿Qué ha sido de mi vida? ¿No lo adivináis? Me concedieron la libertad vigilada. Después de treinta y ocho años de audiencias rutinarias y de negativas rutinarias (en el transcurso de esos treinta y ocho años murieron tres de los abogados que se ocuparon de mi caso) al fin me concedieron la libertad condicional. Supongo que debieron de decidir al fin que a mis cincuenta y ocho años estaba ya bastante cascado para considerarme inofensivo.

Estuve a punto de quemar el documento que acabáis de leer. Suelen registrar a los que salen en libertad vigilada casi con el mismo celo con que registran a los que ingresan, a los «pescaditos frescos». Y, además de contener dinamita suficiente para asegurarme un rápido cambio de dirección y otros seis o siete años dentro, mis «memorias» contenían algo más: el nombre del pueblo en el que creo que está Andy Dufresne. La policía mexicana colabora con la norteamericana, y yo no quería que mi libertad (o mi deseo de no renunciar a la historia que tanto tiempo y esfuerzo me había costado escribir) le costara la suya a Andy.

Entonces, recordé cómo había metido en la cárcel Andy sus quinientos dólares allá por 1948 y utilicé el mismo sistema para sacar su historia de la cárcel. Y, para estar aún más seguro, reescribí todas las páginas en las que se mencionaba Zihuatanejo. Si en el transcurso de la «inspección de salida», como le llaman, encontraban los papeles, yo volvería dentro... pero los polis se cansarían buscando a Andy en un pueblo de la costa peruana...

El comité de libertad condicional me proporcionó un trabajo de «ayudante de almacén» en el gran mercado de Food Way en el Spruce Mall de South Portland, lo que significa simplemente que soy un mozo más. Hay dos tipos de mozos, ya sabes: los viejos y los jóvenes. Ni unos ni otros parecen mirarse entre sí con buenos ojos. Yo, claro, soy de los viejos. Si compras en el Food Way de Spruce Mall, tal vez te haya llevado las compras al coche... aunque tendrías que haber comprado allí entre marzo y abril de 1977, pues ése fue el tiempo que trabajé yo allí.

Al principio, creía que no podría arreglármelas fuera. Ya he descrito la sociedad de la cárcel como un modelo a pequeña escala de vuestro mundo exterior, pero no tenía ni idea de lo de prisa que iban las cosas fuera; la *velocidad real* a la que se mueve la gente ahora. Hasta hablan más de prisa. Y más alto.

Me costó muchísimo adaptarme, y aún no lo he conseguido del todo... tardaré aún bastante. Las mujeres, por ejemplo. Después de ignorar casi que eran la mitad de la humanidad durante cuarenta años, me encontré de pronto trabajando en un lugar lleno de mujeres. Mujeres viejas, mujeres embarazadas con camisetas de manga corta con flechas apuntando hacia abajo y un lema escrito que decía BEBE AQUÍ, mujeres flacas con los pezones erizados bajo las camisetas (cuando me metieron a mí en la cárcel habrían arrestado a una mujer por vestir así y luego la hubiesen sometido a una prueba para determinar su estado mental), mujeres de todas las formas y tamaños. Así que me pasaba el día en una semierección continua maldiciéndome por ser un viejo indecente.

Ir al baño, eso fue otro problema. Cuando tenía que ir (y sentía siempre la urgente necesidad de hacerlo a las y veinticinco de la hora), tenía que vencer la casi abrumadora necesidad de decírselo al jefe. El saber que sencillamente podía ir y hacerlo en el brillantísimo mundo exterior era una cosa; adaptar mi yo interno a ese conocimiento después de tantísimos años de consultarlo con el carcelero más próximo o afrontar dos días de confinamiento solitario por olvidarme... era otra muy distinta.

A mi jefe no le caía bien. Era un tipo joven, de unos veintiséis o veintisiete años y podía darme cuenta de que le molestaba, como desagrada el viejo perro servil y adulón que se acerca arrastrándose para que le acaricien. Santo Dios, también me desagradaba a mí mismo. Pero... no podía evitarlo. Deseaba decirle: *Eso es todo lo que la vida en la cárcel hace por uno, joven. Convierte a todo el que ocupa un cargo con autoridad en amo y a ti en el perro de todos los amos. Puede que incluso en la prisión te des cuenta de que te has convertido en un perro, pero como todos los que llevan el mismo uniforme que tú son perros también, no parece tener tanta importancia. Fuera, sí la tiene.* Pero no podía decirle eso a un joven como él. No lo entendería. Tampoco lo entendería el funcionario de libertad vigilada, un ex marinero grande y fanfarrón con una inmensa barba roja y un gran repertorio de chistes... polacos. Me veía durante unos cinco minutos todas las semanas.

—¿Te mantienes fuera de los barrotes, Red? —me preguntaba nada más agotar los chistes polacos. Le decía que claro, y eso ponía fin a la entrevista hasta la semana siguiente.

La música en la radio. Cuando entré en la cárcel las grandes bandas sólo levantaban un poquito la presión. Ahora todas las canciones suenan como si estuvieran a punto de explotar. Y tantos coches. Al principio, cada vez que cruzaba la calle me parecía que me estaba jugando la vida.

Y hubo más (*todo* era extraño y aterrador), aunque tal vez ya lo hayas imaginado, o puedas al menos comprenderlo en parte. Empecé a pensar en hacer algo para poder volver dentro. Estando en libertad condicional, casi cualquier cosa sirve. Me avergüenza decirlo, pero empecé a pensar en robar algo de dinero o llevarme algo del Food Way, lo que fuera, para volver a donde todo era tranquilo y sabías lo que iba a suceder en el curso del día.

Creo que, si no hubiera conocido a Andy, lo habría hecho. Pero seguía pensando en él, pasándose todos aquellos años cincelando pacientemente el cemento con su martillo para poder estar libre. Pensaba en esto, me avergonzaba de mí mismo y volvía a desechar la idea. Ah, dirás que Andy tenía más motivos que yo para estar libre (una nueva identidad y un montón de dinero). Pero sabes que eso no es absolutamente cierto. Porque él no sabía con seguridad que la nueva identidad estuviera todavía esperándole, y sin la nueva identidad, el dinero seguiría siempre fuera de su alcance. No, él lo único que necesitaba era ser libre, y si yo tiraba por la borda lo que tenía, sería como escupir en la cara a lo que él tanto se había esforzado por recuperar.

Así que lo que en realidad hice fue dedicar mi tiempo libre a ir a dedo hasta el pueblecito de Buxton. Esto era a principios de abril de 1977; la nieve empezaba a derretirse en los campos, el aire empezaba a templarse, los equipos de béisbol llegaban al norte para iniciar una nueva temporada jugando el único juego que estoy seguro que Dios aprueba. En estos viajes siempre me llevaba la brújula en el bolsillo.

Hay en Buxton un gran henar, había dicho Andy, *y en el extremo norte de ese henar hay un muro de piedra que parece di-*

rectamente sacado de un poema de Robert Frost. Y en un lugar de la base de ese muro hay una piedra que no pinta absolutamente nada en un henar de Maine.

Descabellada empresa, dices. ¿Cuántos henares habrá en un pueblecito como Buxton? ¿Cincuenta? ¿Cien? Hablando por mi experiencia personal, yo diría que más, si tenemos en cuenta los campos cultivados que podrían haber sido henares cuando Andy fue encarcelado. Y, además, podría encontrarlo y no saber que era precisamente el que buscaba, pues podría pasar por alto aquel trozo de obsidiana; y también era muy probable que Andy se lo hubiera guardado en el bolsillo y se lo hubiera llevado.

Así que estoy de acuerdo contigo. Descabellada empresa, sin lugar a dudas. Y aún más, peligrosa empresa para un individuo que, como yo, estaba en libertad vigilada, pues algunos de aquellos campos tenían carteles bien claros de SE PROHÍBE EL PASO. Y, como ya he dicho, estarían más que encantados si podían volver a encerrarte por traspasar los límites de la propiedad. Una empresa descabellada... pero también lo es picar una pared de hormigón durante veintisiete años. Y cuando has dejado de ser el hombre que puede conseguir lo que sea y eres sólo un mozo viejo, es agradable tener alguna afición que te distraiga y te haga olvidar tu nueva vida. Mi afición era buscar la piedra de Andy.

Así que me iba en autostop hasta Buxton y me dedicaba a recorrer los caminos. Escuchaba los pájaros, el aflujo de la primavera en las cunetas de los caminos, examinaba las botellas que la nieve en retroceso dejaba al descubierto (todas inútiles envases no recuperables, lamento decirlo; el mundo parece haberse vuelto absolutamente pródigo durante mi encierro), y buscaba henares.

Casi todos los que encontraba quedaban eliminados de inmediato: o no tenían muros de piedra, o los tenían, pero la brújula me indicaba que tales muros no estaban orientados correctamente. De todas formas, paseaba por ellos.

Era muy agradable hacerlo y en aquellas excursiones me *sentía* realmente libre, en paz. Un sábado, me siguió un perro viejo. Y un día vi un ciervo enflaquecido por el invierno.

Y llegó luego el veintitrés de abril, un día que no olvidaré aunque viva otros cincuenta y ocho años. Era una tarde tibia de sábado y caminaba yo por lo que un niñito que pescaba desde un puente me dijo se llamaba The Old Smith Road. Me había llevado la comida en una bolsa y la había tomado sentado en una piedra junto al camino. Cuando acabé, enterré con cuidado los desperdicios, tal como me había enseñado a hacer mi papá antes de morir, cuando yo era un arenquito no mayor que el que me había dicho el nombre del camino.

Hacia las dos en punto llegué a un gran campo, a mi izquierda. Al fondo del mismo había un muro de piedra que corría aproximadamente en dirección noroeste. Retrocedí hacia él, chapoteando en el terreno húmedo, y empecé a caminar a lo largo del muro. Una ardilla me increpó desde un roble.

A unos tres cuartos del camino hasta el final, la vi: la piedra. Cristal negro y tan suave como la seda. No había error. Una piedra que no pintaba absolutamente nada en un henar de Maine. Me quedé un buen rato mirándola con la sensación de que me pondría a gritar por menos de nada. La ardilla me había seguido y continuaba parloteando. El corazón me latía enloquecido.

Cuando al fin conseguí calmarme, me acerqué a la piedra y me agaché (las articulaciones de las rodillas me sonaban como una escopeta de dos cañones) y me permití tocarla con la mano. Era real. No la tomé porque pensara que habría algo debajo. Podría haberme ido tranquilamente al momento sin ver lo que había debajo. No tenía ninguna intención de llevármela conmigo, pues no creía que fuera mía (tenía la sensación de que llevarse del campo aquella piedra habría sido la peor ratería imaginable). No, sólo la tomé para sentirla mejor, para sentir su peso y, supongo, para probar su realidad sintiendo su satinada textura en mi piel.

Tuve que mirar fijamente lo que había debajo durante largo rato. Lo veía con los ojos, pero mi mente tardó un rato en captarlo. Era un sobre, cuidadosamente envuelto en una bolsa de plástico para protegerlo de la humedad. Y en el frente del sobre estaba escrito mi nombre con la clara caligrafía de Andy.

Tomé el sobre y volví a colocar la piedra donde la había dejado Andy, y el amigo de Andy antes que él.

Querido Red:

Si estás leyendo esto es que estás libre. Sea como sea, estás libre. Y, si has llegado hasta aquí, estarás dispuesto a llegar un poco más lejos. Creo que recuerdas el nombre del pueblo, ¿no? Podría emplear a un buen hombre que me ayude a poner mi proyecto en marcha.

Entretanto, tómate una copa a mi salud... y piénsatelo. Estaré pendiente de tu llegada. Recuerda que la esperanza es una buena cosa, Red, tal vez lo mejor del mundo, y lo bueno jamás muere. Espero que esta carta te encuentre, y que te encuentre bien.

Tu amigo,

PETER STEVENS

No leí esa carta en el campo. Se había apoderado de mí una especie de terror, como una urgencia desesperada de irme de allí antes de que me vieran. Por decirlo de alguna manera, me aterraba la posibilidad de que me arrestaran.

Volví a mi cuarto y leí allí la carta, con el aroma de la cena de los viejos que allí vivían deslizándose por el hueco de la escalera (Beefaroni, Rice-a-Roni, Noddle Roni; podrías apostar lo que quisieras a que todo lo que los viejos de Estados Unidos —los de ingresos fijos— están cenando esta noche, casi con absoluta certeza, termina en *roni*, como *maccheroni*).

Abrí el sobre y leí la carta y luego apoyé la cara en las manos y lloré. Acompañaban la carta veinte billetes nuevos de cincuenta dólares.

Y aquí estoy ahora, en el hotel Brewster, técnicamente vuelvo a ser un fugitivo de la justicia (violación de la libertad condicional es mi delito, aunque nadie levantará barricadas para atrapar a un delincuente por semejante delito, supongo), preguntándome qué hacer a continuación.

Tengo este manuscrito. Tengo una pequeña valija del tamaño aproximado del maletín de un médico que contiene cuanto poseo. Tengo diecinueve billetes de cincuenta, cuatro de diez, uno de cinco, tres de uno y algunas monedas. Cambié uno de los de cincuenta para comprar este cuaderno y un paquete de cigarrillos.

Me pregunto qué debería hacer.

Aunque en realidad no cabe duda alguna. Todo se reduce a dos posibilidades: o te consagras a vivir o te dedicas a morir.

Voy a guardar primero este manuscrito en mi bolsa de viaje, luego agarraré la bolsa, la chaqueta, bajaré las escaleras, pagaré y me largaré de este antro. Me iré luego caminando hacia la parte alta de la ciudad, entraré en un bar y pondré este billete de cinco dólares delante de las narices del camarero y le pediré que me sirva dos buenos trallazos de Jack Daniel's: uno para mí y otro para Andy Dufresne. Aparte de una o dos cervezas, serán los primeros tragos que tomo como hombre libre desde 1938. Luego, daré al camarero un dólar de propina y mis más encarecidas gracias. Saldré luego del bar y subiré caminando por la calle Spring hasta la terminal de autobuses Greyhound; sacaré allí un billete de autobús hasta El Paso, vía Nueva York. Y, cuando llegue a El Paso, compraré un billete hasta McNary. Y, cuando llegue a McNary, supongo que tendré ocasión de averiguar si un viejo malhechor como yo puede encontrar el medio de cruzar la frontera y pasar a México.

Claro que recuerdo el nombre. Zihuatanejo. Un nombre así es demasiado bello para olvidarlo.

Estoy nerviosísimo; tan nervioso que casi no puedo sostener el lápiz en mi mano temblorosa. Creo que es el nerviosismo que sólo un hombre libre puede sentir, un hombre libre que inicia un largo viaje cuyo final es incierto.

Tengo la esperanza de que Andy esté allá.

Tengo la esperanza de poder cruzar la frontera.

Tengo la esperanza de encontrar a mi amigo y estrecharle la mano.

Tengo la esperanza de que el Pacífico sea tan azul como en mis sueños.

Tengo esperanza.